5分でときめき！

超胸キュンな話

宮下恵茉
みゆ
みずのまい
夜野せせり
針とら

集英社みらい文庫

5分《ふん》でときめき！

人気《にんき》シリーズ大集合《だいしゅうごう》!

超《ちょう》胸《むね》キュンな話《はなし》

もくじ

キミと、いつか。
番外編《ばんがいへん》
はじめての“きもち”
これが“好《す》き”って気持《きも》ちなの？
麻衣《まい》の初恋《はつこい》ストーリー♥
宮下恵茉《みやしたえま》・作《さく》
染川《そめかわ》ゆかり・絵《え》

人物紹介《じんぶつしょうかい》

林《はやし》 麻衣《まい》

5年《ねん》1組《くみ》。ミニバスケ部《ぶ》。
明《あか》るくて元気《げんき》で
ボーイッシュな女《おんな》の子《こ》。

小坂悠馬《こさかゆうま》

5年《ねん》1組《くみ》。
ミニバスケ部《ぶ》。
麻衣以外《まいいがい》の女子《じょし》とは
あまりしゃべらない。

関口《せきぐち》ゆうな

5年《ねん》1組《くみ》。ダンス部《ぶ》。
女子力《じょしりょく》が高《たか》くて、おしゃれ。
恋《こい》バナが大好《だいす》き。

「キミいつ」シリーズとは?

『キミと、いつか。』シリーズ紹介《しょうかい》

中学《ちゅうがく》1年生《ねんせい》の女《おんな》の子《こ》たちを主人公《しゅじんこう》にした、
胸《むね》きゅんラブストーリーだよ!

林《はやし》 麻衣《まい》
この本《ほん》のお話《はなし》の
主人公《しゅじんこう》

小坂悠馬《こさかゆうま》
バスケが大好《だいす》きで
照《て》れ屋《や》

辻本莉緒《つじもとりお》
ひかえめでやさしい

石崎智哉《いしざきともや》
学年一《がくねんいち》のモテ男子《だんし》

鳴尾若葉《なるおわかば》
さばさばした
姉御肌《あねごはだ》

中嶋《なかじま》 諒太《りょうた》
チャラそうに見《み》えて
男《おとこ》っぽい

足立夏月《あだちなつき》
お菓子作《かしづく》りが大好《だいす》きな
祥吾《しょうご》の幼馴染《おさななじみ》

吉村祥吾《よしむらしょうご》
無口《むくち》だけど
やさしい

ファーストシーズン(1～4巻《かん》)は中学入学《ちゅうがくにゅうがく》から夏休《なつやす》みまでを、現在《げんざい》セカンドシーズンに突入《とつにゅう》して、ファーストシーズンのその後《ご》のお話《はなし》を描《えが》いています! 本作《ほんさく》“番外編《ばんがいへん》”は、少《すこ》し時間《じかん》を巻《ま》きもどして、小学《しょうがく》5年生《ねんせい》の麻衣《まい》と小坂《こさか》のお話《はなし》です☆

1 ケンカ友《とも》だち

「さようなら！」

大《おお》きな声《こえ》でそう言《い》うと、ランドセルをつかんで五年《ねん》一組《くみ》の教室《きょうしつ》を飛《と》びだした。

「あ、まいまい！　ちょっと待《ま》ってよお〜！」

うしろからマナの声《こえ》が聞《き》こえたけど、足《あし》を止《と》めずに廊下《ろうか》をかけていく。

わたしの通《かよ》うつつじ台小学校《だいしょうがっこう》では、五年生《ねんせい》になったらクラブ活動《かつどう》に参加《さんか》できる。わたしはミニバスケットボール部《ぶ》に入部《にゅうぶ》した。でも、練習《れんしゅう》は週《しゅう》に二回《かい》だけ。だから、ちょっとでも早《はや》く練習《れんしゅう》したいんだよね。

体育館《たいいくかん》にむかって階段《かいだん》をかけおりようとしたら、わたしの横《よこ》をだれかがすごいスピードでぬかしていった。

「さっすが、でんでんむし。走《はし》るの、オッソ！」

二段飛《だんと》ばしでかけおりていくのは、同《おな》じクラスでミニバスケ部《ぶ》の小坂悠馬《こさかゆうま》。背《せ》が低《ひく》くて、とにかくすばしっこいんだよね。

「だれがでんでんむしよっ、このサル！」

わたしも二段飛《だんと》ばしで小坂《こさか》を追《お》いかける。

わたしの名前《なまえ》は、林麻衣《はやしまい》。だからみんなに『まいまい』って呼《よ》ばれている。それを小坂《こさか》はばかにして、『でんでんむし』なんて呼《よ》ぶのだ。だからわたしはおかえしに、小坂《こさか》のことを『サル』って呼《よ》んでいる。ぴんと横《よこ》にはりだした大《おお》きな耳《みみ》がサルみたいだから。

「俺《おれ》が一番《いちばん》のりするんだからなっ！」

「わたしだってば！」

ふたりでぎゃあぎゃあ言《い》いあいながら体育館《たいいくかん》へかけこみ、ランドセルをステージへと放《ほう》りなげる。体育倉庫《たいいくそうこ》の重《おも》い扉《とびら》をあけ、ボールが入《はい》ったかごをひっぱりだし、ボールをつかんでドリブルを始《はじ》めた。

ミニバスケ部《ぶ》の練習《れんしゅう》は、一時間《じかん》ちょっとしかない。だけどメインは六年生《ねんせい》で、わたしたち五年生《ねんせい》は、サイドラインから見《み》ていることのほうが多《おお》い。

だからいつもできるだけ早《はや》めに来《き》て、シュートの練習《れんしゅう》をしている。ちなみに、わたしはレイアップシュートより、スリーポイントシュートのほうが好《す》き。だってズバッと決《き》まったら、胸《むね》がすうっとするし！

ドリブルで気持《きも》ちを落《お》ちつけて、スリーポイントラインの外側《そとがわ》からボールを放《はな》つ。だけど、ボールはリングにはねかえされた。なかなかうまく入《はい》らないんだよね。

（うーん、百発百中《ひゃっぱつひゃくちゅう》になるまで練習《れんしゅう》しなくちゃ！）

ダダン　ザシュッ
背後《はいご》から、ドリブルに続《つづ》いてネットを揺《ゆ》らす音《おと》が聞《き》こえた。ふりかえると、レイアップシュートを決《き》めた小坂《こさか》が、落《お》ちてきたボールを拾《ひろ》って、ベーッと舌《した》をだした。

「ヘックタクソ！」

「なによ、レイアップよりスリーポイントのほうが難《むずか》しいんだからねっ！」

またふたりで言《い》いあっていたら、

「悠馬《ゆうま》と麻衣《まい》ちゃん、またケンカしてんの？」

コーチのタカさんが体育館《たいいくかん》へ入《はい》ってきた。タカさんは、小学校《しょうがっこう》のそばにあるコンビニ店《てん》の店長《てんちょう》さんで、いつもわたしたちの練習《れんしゅう》を見《み》にきてくれている。

「だって、あのサルがうるさいんだもん！」

「だれがサルだよ、このでんでんむし女《おんな》！」

するとタカさんが、はあっと大《おお》きな息《いき》をはいた。

「ほらほら、せっかく早《はや》く来《き》たのに練習《れんしゅう》しないと、ほかのみんなが来《き》ちゃうよ」

ふりかえると、ミニバスの子《こ》たちが、ひとり、またひとりと集《あつ》まっていた。

「げっ、ホントだ」

あわててシュートの練習《れんしゅう》にもどる。

わたしの投《な》げたボールは、大《おお》きな弧《こ》を描《えが》いてゴールリングへとすいこまれていった。

2 恋《こい》ってなに？

「もー、まいまいったら、先《さき》に行《い》っちゃうんだからあ」

練習《れんしゅう》のあと、水筒《すいとう》のお茶《ちゃ》を飲《の》んでいたら、マナが口《くち》をとがらせて文句《もんく》を言《い》ってきた。

「ごめん、ごめん。だって早《はや》く行《い》かなきゃ、スリーポイントの練習《れんしゅう》できないしさ」

言《い》い訳《わけ》すると、マナが不思議《ふしぎ》そうに首《くび》をかしげた。

「練習《れんしゅう》しても、どうせ五年《ねん》は試合《しあい》にだしてもらえないのに、なんでそんな必死《ひっし》になるの？」

（……うーん、そういうんじゃないんだけどな）

そりゃあもちろん、試合《しあい》にはでてみたい。だけど一分《いっぷん》でも長《なが》く練習《れんしゅう》したいのは、バスケが好《す》きだから。早《はや》くうまくなりたい。それだけなのに。

「あ〜、もしかして、小坂《こさか》といっしょに練習《れんしゅう》しようって約束《やくそく》してるとか〜？」

マナはぐふふと笑《わら》って、ひじでわたしをこづいてきた。

「はっ？　小坂《こさか》と？　なんでわたしが？」

「みんな言《い》ってるよ？　まいまいと小坂《こさか》、実《じつ》はつきあってるんじゃないかって」

ブフォッ
ちょうど飲《の》もうとしていたお茶《ちゃ》が、変《へん》なとこに入《はい》って、盛大《せいだい》にむせる。

「んなこと、あるわけないでしょっ！　ゴホッ、ゴホッ！　なんでそうなるのよ」

「だってまいまい、いっつも小坂《こさか》としゃべってるしぃ〜」

「そりゃあ、クラスもクラブも同《おな》じだからじゃん。でも、小坂《こさか》だよ？　背《せ》もわたしと変《か》わらないし、だいたいあいつ、サルだし！　ぜんぜんそんなんじゃないから」

そう言《い》うと、マナはそうかなあと首《くび》をかしげた。

「小坂《こさか》って、けっこう人気《にんき》あるじゃん」

「……えっ。そうなの？」

おどろいて聞《き》きかえす。

「ほら、小坂《こさか》って運動神経《うんどうしんけい》いいでしょ。ドッジもうまいし、走《はし》るのも速《はや》いしさ。あと、女子《じょし》とべらべらしゃべらないとこがいいよねって、この間《あいだ》、みんなで盛《も》りあがったんだ。で、そのとき、ゆうなが言《い》ってたの。もしかして、あのふたり、つきあってるのかなあって」

関口《せきぐち》ゆうなは、クラスのなかで一番女子力《いちばんじょしりょく》が高《たか》い子《こ》だ。

おねえちゃんが三人《にん》もいるせいか、髪形《かみがた》や服《ふく》はいつもおしゃれだし、四年生《よねんせい》のころから色《いろ》つきのリップを塗《ぬ》ったりしている。

そういえば、四年《よねん》の終《お》わりくらいから、ゆうなを中心《ちゅうしん》にクラスの女子《じょし》たちが、急《きゅう》に恋《こい》バナをするようになった。だれがだれを好《す》きだとか、だれがカッコいいだとか。

でも、わたしはそういうの、まったく興味《きょうみ》ない。

「え、じゃあ、まいまいは小坂《こさか》のこと、なんとも思《おも》ってないの？　っていうか、もしかして、ほかに好《す》きな男子《だんし》もいないわけ？」

「あたりまえじゃん！」

きっぱりと宣言《せんげん》したら、マナが目《め》をまるくした。

「へえ〜、そうなんだあ。ふ〜ん」

その反応《はんのう》を見《み》て、少《すこ》し不安《ふあん》になる。

（好《す》きな子《こ》がいないって、わたし、遅《おく》れてるのかな……）

もしかして五年生《ねんせい》ともなると、好《す》きな子《こ》のひとりやふたり、いるのがフツーなのかな。

恋《こい》バナなんて遠《とお》い未来《みらい》の話《はなし》だと思《おも》っていたけど、そうでもないのかも。

（小坂《こさか》かあ……）

ぽや〜んと頭《あたま》のなかで、顔《かお》を思《おも》いうかべてみる。

運動神経《うんどうしんけい》は、たしかにいい。マナの言《い》うとおり、女子《じょし》とはあんまりしゃべらないけど、わたしにはよくしゃべりかけてくるよね。あれ、なんでだろ？

耳《みみ》はでかいけど、よく見《み》たらまゆ毛《げ》はきりっとしてるし、そう言《い》われてみればけっこうカッコいい部類《ぶるい》に入《はい》るのかも……。

そこまで考《かんが》えて、ハッとした。

（いや、ないない！　なんたって、あいつ、サルだし！）

もやもやした気持《きも》ちのまま着《き》がえをして体育館《たいいくかん》をでると、ちょうど靴《くつ》をはきかえていた小坂《こさか》とでくわした。帰《かえ》り道《みち》が途中《とちゅう》まで同《おな》じだから、ミニバスの練習《れんしゅう》のあと、よくいっしょになってしまうのだ。

「ゲッ、小坂《こさか》……！」

思《おも》わず身《み》がまえると、小坂《こさか》がムッとした顔《かお》でわたしをにらんだ。

「『ゲッ』ってなんだよ。それより、でんでんむし。おまえ、今日何本《きょうなんぼん》シュート入《はい》った？」

「五本《ほん》だけど」

そっけなく答《こた》えたけど、小坂《こさか》は気《き》にすることなく両手《りょうて》をふりあげる。

「うえーい、勝《か》った。俺《おれ》、七本《ほん》！」

その言葉《ことば》に、ついカッとなって言《い》いかえす。

「あのねえ、言《い》っとくけど、スリーポイントのほうが……！」

そこまで言《い》ったところでハッとした。ちょうどダンス部《ぶ》の練習《れんしゅう》を終《お》えたゆうなたちが、こっちにむかって歩《ある》いてくるのが見《み》えたのだ。

(やばい、小坂《こさか》としゃべってたら、またかんちがいされちゃう……！)

「と、とにかく、わたしは好《す》きなんかじゃないからっ」

早口《はやくち》でそう言《い》うと、小坂《こさか》を置《お》いてさっさと歩《ある》きだした。

「……は？　なに言《い》ってんだよ、おまえ」

うしろから小坂《こさか》の声《こえ》がしたけれど、気《き》にせず早足《はやあし》で歩《ある》く。

(んも～、マナが変《へん》なこと言《い》うから、妙《みょう》に意識《いしき》しちゃうじゃん！)

3　ゆうなのお願《ねが》い

次《つぎ》の日《ひ》、学校《がっこう》に行《い》くと、ゆうなたちがわたしの机《つくえ》のまわりに集《あつ》まってきた。

「ねえ、まいまい。ちょっと聞《き》いてもいい？」

ぎょっとして、あとずさりする。

「なっ、なに？」

「まいまいって、小坂《こさか》とつきあってるの？」

わたしは飛《と》んでいきそうなくらいの勢《いきお》いで、ぶんぶんと首《くび》を横《よこ》にふった。

「ないない！　そんなわけ、ない！」

するとゆうなが、さぐるような目《め》でわたしを見《み》た。

「ホントにィ〜？」

「ホントだってば。わたし、そういうのぜんっぜん、興味《きょうみ》ないから」

きっぱりと言《い》うと、ゆうなはホッとしたように息《いき》をついた。

「あ〜、よかった。実《じつ》はね、わたし、小坂《こさか》に告白《こくはく》しようかなって思《おも》ってるんだ」

「……へっ、告白《こくはく》!?」

それって、中学生《ちゅうがくせい》の亜衣《あい》ねえちゃんがいつも読《よ》んでる、少女《しょうじょ》まんがの世界《せかい》の話《はなし》じゃないの？　小学生《しょうがくせい》なのに、もうそんなことしちゃうわけ？

どぎまぎしていたら、ゆうなはふふっと笑《わら》って肩《かた》をすくめた。

「うん。わたし、小坂《こさか》に恋《こい》してるの」

「フエッ！　……こ、恋《こい》⁉」

びっくりしすぎて、変《へん》な声《こえ》がでてしまった。

（そっか。こういうとき、『好《す》き』って言《い》うんじゃなくて、『恋《こい》してる』って言《い》うのか！

ゆうなって、ホントすごいなあ）

「そう。わたし、小坂《こさか》のことを考《かんが》えたら、胸《むね》がドキドキして眠《ねむ》れなくなるの」

「……ふ、ふーん、そうなんだ」

そう答《こた》えてから、待《ま》てよと思《おも》う。

小坂《こさか》は普段《ふだん》、男子《だんし》とばかりつるんでいて、わたし以外《いがい》の女子《じょし》とはまったく話《はなし》をしない。

なのに、ゆうなはいったい小坂《こさか》のどういうところに恋《こい》をしたというのだろう？

いろいろ疑問《ぎもん》はあったけど、わたしはおとなしくうなずいておくことにした。

「それでね、お願《ねが》いなんだけど」

ゆうなは、そう前置《まえお》きをして続《つづ》けた。

「まいまいって、小坂《こさか》とよくしゃべるよね？　今度《こんど》から、わたしと小坂《こさか》がうまくいくように協力《きょうりょく》してくれないかなあ」

「え、協力《きょうりょく》っていったいなにをすればいいの？」

おどおどして聞《き》きかえすと、ゆうなはさくらんぼみたいなくちびるをキュッとすぼめた。

「い・ろ・い・ろ」

ガビーン！

（な、なんて大人《おとな》っぽいんだ、ゆうなは……！）

そりゃあ小坂《こさか》も、ゆうなみたいな女子《じょし》に、『恋《こい》してる』なんて言《い》われたら、すぐに好《す》きになってしまうだろう。

「わ、わかった」

ぎこちなくうなずくと、ゆうなはゆったりほほえんで「じゃあ、よろしくね～」と自分《じぶん》の席《せき》へともどっていった。

（なにをすればいいのかわかんないけど、ともかく、ゆうなの恋《こい》、応援《おうえん》しなくちゃ！）

その日《ひ》から、わたしは小坂《こさか》がしゃべりかけてくると、すぐにゆうなのほうを見《み》て、『今《いま》、協力必要《きょうりょくひつよう》？』と口《くち》パクで聞《き》くようにした。そのたび、ゆうなは小《ちい》さく首《くび》を横《よこ》にふる。

（あれっ、今《いま》はちがうのか）

なにせ、今《いま》までわたしは恋《こい》なんてしたことないし、友《とも》だちの恋《こい》の協力《きょうりょく》だってしたこともない。だから、なにをすればいいのかわからないのだ。

あれから、おねえちゃんの部屋《へや》にある恋愛系《れんあいけい》の少女《しょうじょ》まんがを読《よ》みあさって研究《けんきゅう》した。

どうも恋《こい》をすると、胸《むね》が苦《くる》しくなったりドキドキしたりするらしい。

（すごいな、ゆうなは。もうそんな気持《きも》ち、知《し》ってるんだ）

教室《きょうしつ》のすみで、かたまってしゃべるゆうなたちを見《み》る。

みんなヘアスタイルやファッションに気《き》をつかっていて、いかにも女《おんな》の子《こ》って感《かん》じ。持《も》ち物《もの》もいちいちおしゃれだし、朝読《あさどく》の時間《じかん》に読《よ》んでいる本《ほん》も恋愛系《れんあいけい》だ。あんなふうにはなれないと思《おも》いつつ、ちょっとは見習《みなら》わなきゃなあって反省《はんせい》もする。

わたしなんて、かわかすのがめんどくさいから髪《かみ》はいつも短《みじか》くきっているし、服《ふく》はひきだしの一番前《いちばんまえ》にあるのを適当《てきとう》に着《き》ているだけだ。

自分《じぶん》で言《い》うのも悲《かな》しいけれど、ぜんぜん女《おんな》の子《こ》らしくない。

（あ〜あ、わたしもゆうなみたいに恋《こい》をすれば、ちょっとは女《おんな》の子《こ》らしくなれるのかなあ）

ちらっと窓際《まどぎわ》に座《すわ》る小坂《こさか》を見《み》る。

べつに、小坂《こさか》のことは嫌《きら》いじゃない。だけど、好《す》きかと言《い》われるとよくわからない。

嫌《きら》いじゃなければ好《す》きなのかな。

好《す》きなのと、恋《こい》してるっていうのとは、いったいどうちがうんだろう？

わたしには、ぜんぜんわからない！

ほおづえをついてぼうっと考《かんが》えていたら、

「なあ、でんでんむし」

とつぜん、小坂《こさか》がしゃべりかけてきた。

おどろいて、思《おも》わずイスから転《ころ》げおちそうになる。

「なっ、なに？」

「おまえ、最近《さいきん》なんか変《へん》じゃねえ？」

「べ、べべべべ、べつに！」

そう答《こた》えつつ、じりじり距離《きょり》をとる。

だってゆうなに見《み》られて誤解《ごかい》されたら困《こま》るし！

「もうすぐ学芸会《がくげいかい》で、ミニバスの練習《れんしゅう》しばらくなくなるのに、最近来《さいきんく》るのおせえじゃん」

「そ、そそそそそ、そんなこと、ないけど」

これは、ウソだ。ホントはもっとシュート練習《れんしゅう》がしたいんだけど、小坂《こさか》とふたりきりになってはいけないと、最近《さいきん》はわざとゆっくり行《い》くようにしている。

「……ふーん、ならいいけど」

小坂《こさか》は口《くち》をとがらせてランドセルをかついだ。

「じゃあなっ」

そう言《い》ってかけていく小坂《こさか》のうしろすがたを見送《みおく》る。

(……これで、よかったんだよね)

心《こころ》のなかでつぶやく。だれも答《こた》えてなんてくれないんだけど。

4 絶《ぜっ》体《たい》絶《ぜつ》命《めい》!?

十月《がつ》の半《なか》ばになって、学芸会《がくげいかい》が近《ちか》くなってきた。毎年《まいとし》五年生《ねんせい》は、体育館《たいいくかん》で劇《げき》をすることになっている。

わたしたち一組《くみ》が演《えん》じるのは『不思議《ふしぎ》の国《くに》のアリス』。

今日《きょう》のホームルームで、いよいよその配役《はいやく》が決《き》まる。

「役《やく》を決《き》める前《まえ》に、まず説明《せつめい》がありますので、しっかり聞《き》いてください」

まだ若《わか》い担任《たんにん》の先生《せんせい》は、初《はじ》めての学芸会《がくげいかい》にはりきっているみたい。脚本《きゃくほん》も先生《せんせい》のオリジナルで、一週間《いっしゅうかん》ほど前《まえ》に配《くば》られた。

しっかり読《よ》みこんで、なんの役《やく》をしたいか決《き》めておくようにって言《い》われてたんだけど、登場人物《とうじょうじんぶつ》は多《おお》いし、注意書《ちゅういが》きは細《こま》かいしで、めんどくさくて最後《さいご》まで読《よ》んでいない。

(ま、いいや。どうせわたしは裏方希望《うらかたきぼう》だし)

だいたい、ステージにあがってセリフを言《い》うなんてはずかしすぎる。そういうのは、どうせ目立《めだ》つのが好《す》きな子《こ》がやるだろう。

(小坂《こさか》はなにやるつもりかな)

ちらっとそう思《おも》ってから、あわててブルブル頭《あたま》をふった。なんで小坂《こさか》のことばっかり気《き》にしてるんだろう。わたしには、関係《かんけい》ないのに。

「……はい、では、学級委員《がっきゅういいん》さん、前《まえ》にでて役割分担《やくわりぶんたん》を決《き》めてください」

先生《せんせい》が説明《せつめい》を終《お》えると、学級委員《がっきゅういいん》の柳川《やながわ》くんと小山《こやま》さんが黒板《こくばん》に配役《はいやく》を書《か》きはじめた。

「アリスをしたい人《ひと》、いますか？」

柳川《やながわ》くんがたずねると、教室中《きょうしつじゅう》のみんなが一斉《いっせい》にゆうなを見《み》た。

「イメージ的《てき》に、ゆうなだよね」

「ワンピースとか似合《にあ》いそうだし」

（……だよね。わたしもそう思《おも》う）

うんうんとうなずいて、ゆうなのほうをふりかえる。

「え〜、でも、主役《しゅやく》なんてはずかしいよう。ムリムリ！」

顔《かお》を真《ま》っ赤《か》にしたゆうなは口《くち》ではそう言《い》っているけれど、内心《ないしん》、喜《よろこ》んでいるみたい。いやがってたわりにはすぐに、「じゃあ、やります！」とかわいらしくガッツポーズをした。

そのあとも、帽子屋《ぼうしや》、ハートの女王《じょおう》、チェシャ猫《ねこ》、と、どんどん配役《はいやく》が決《き》まっていく。

小坂《こさか》はすばしっこいからか、白《しろ》うさぎの役《やく》に推薦《すいせん》されて、しぶしぶひきうけていた。

（わたしは、どうしようかなあ）

黒板《こくばん》に書《か》きだされた裏方《うらかた》の仕事《しごと》を目《め》で追《お》う。

音楽係《おんがくがかり》、大道具《おおどうぐ》、小道具《こどうぐ》、衣装係《いしょうがかり》……。

（このなかなら、大道具《おおどうぐ》かなあ。体力《たいりょく》なら自信《じしん》あるし）

そんなことを考《かんが》えながら、ぼんやりしていたら、

「林《はやし》が、まだ決《き》まってないんじゃね？」

ふいにわたしの名前《なまえ》が呼《よ》ばれた。

「……へっ？　なにが？」

おどろいている間《あいだ》に、あちこちから声《こえ》があがる。

「そうだよね、まいまい以外《いがい》、全員名前《ぜんいんなまえ》でてるし」

「じゃあ、配役《はいやく》はこれで全員決定《ぜんいんけってい》だね」

小山《こやま》さんが黒板《こくばん》に書《か》きつけたのを見《み》て、あぜんとした。

『青虫《あおむし》のおじさん』の下《した》に、わたしの名前《なまえ》が書《か》かれてる！

「ちょ、ちょっとお！　なんでわたしが青虫《あおむし》のおじさんなの？」

立《た》ちあがって文句《もんく》を言《い》うと、小山《こやま》さんが真顔《まがお》で答《こた》えた。

「だって、まいまいだけが決《き》まってなかったし」

「そっ、それは、裏方《うらかた》の仕事《しごと》をしようと思《おも》ってたから……！」

そう言《い》い訳《わけ》したけれど、先生《せんせい》にぴしゃりと言《い》いかえされた。

「林《はやし》さん。ホームルームの最初《さいしょ》に説明《せつめい》したわよね。『不思議《ふしぎ》の国《くに》のアリス』は登場人物《とうじょうじんぶつ》が多《おお》いから、全員《ぜんいん》なにかの役《やく》について、裏方《うらかた》はそのときに出番《でばん》がない人《ひと》が兼任《けんにん》しますって」

「えっ」

そ、そういえば役割《やくわり》を決《き》める前《まえ》に、先生《せんせい》がなにか説明《せつめい》してたっけ。わたし、考《かんが》えごとしてたから聞《き》きのがしてた……！

（青虫《あおむし》のおじさんってどんなことするんだっけ）

最後《さいご》までのこってたってことは、きっとセリフがいっぱいあるにちがいない。あわてて台本《だいほん》のページをめくる。

『片方食《かたほうた》べると背《せ》が伸《の》びて、片方食《かたほうた》べると背《せ》が縮《ちぢ》む』

セリフは、そのひとつだけだった。

（……あ、な～んだ。これだけならべつにいいかも）

ホッとしかけて、その横《よこ》に書《か》いてある注意書《ちゅういが》きを見《み》た。

『必要《ひつよう》な小道具《こどうぐ》↓大《おお》きなパイプ。

用意《ようい》する衣装《いしょう》↓緑色《みどりいろ》の水泳帽《すいえいぼう》、緑色《みどりいろ》の肌着《はだぎ》とタイツ（注《ちゅう》・かぶりものあり）、顔《かお》を絵《え》の具《ぐ》で緑色《みどりいろ》に塗《ぬ》ること』

（なにこれ〰〰〰っ！）

水泳帽《すいえいぼう》と肌着《はだぎ》とタイツってことは、全身《ぜんしん》タイツみたいな格好《かっこう》しなきゃいけないってこと？　しかも、顔《かお》に絵《え》の具《ぐ》を塗《ぬ》るって、ありえない！

「い、いやです、無理《むり》です、やりたくないです！　もっとほかの役《やく》……！」

必死《ひっし》で訴《うった》えてみたものの、学級委員《がっきゅういいん》のふたりは、顔色《かおいろ》一《ひと》つ変《か》えずに首《くび》を横《よこ》にふった。

「ほかの役《やく》はもうぜんぶ決《き》まっています」

（そ、そんなあ〰〰〰っ！）

たしかに、ぼさっとしていたのはわたしが悪《わる》い。だけど、緑《みどり》の全身《ぜんしん》タイツっていくらなんでもひどくない？

しかも、女子《じょし》なのにおじさん役《やく》なんてぜったいにやりたくない！

「いまさらやりたくないって言《い》われてもねえ」

「ほかの役《やく》に立候補《りっこうほ》してないんだし」

「そうだよ。だれもかわりたくないよね」

教室《きょうしつ》のうしろから、ひそひそと、ささやきあう声《こえ》が聞《き》こえる。

（ううう、そりゃあそうだけどさ）

「あのう……」

ゆうながこわごわ手《て》をあげた。

（はっ！　もしかして、わたしのこと助《たす》けてくれるの……？）

望《のぞ》みをつなぐように見《み》つめると、ゆうなはちらっとわたしを見《み》てから答《こた》えた。

「林《はやし》さんは、あだ名《な》も『まいまい』だし、ぴったりだと思《おも》います。なんか、虫《むし》みたいだし」

（……はあ～っ？　どういうこと。わたしのあだ名《な》と虫《むし》がどう関係《かんけい》あるってわけ？）

想像《そうぞう》のななめ上《うえ》をいくゆうなの発言《はつげん》に、ぽかんとしていたら、

「あ、そっか～。虫《むし》つながり！」

「ゆうな、うまいこと言《い》うねえ」

まわりの子《こ》たちがわいわいと盛《も》りあがりはじめた。

え〰〰〰っ、やだやだやだ！

このままだと、わたし、卒業《そつぎょう》するまでずっと、ううん、永遠《えいえん》にみんなから『青虫《あおむし》のおじさん』ってからかわれちゃうよ！

そんなことになったら、恋《こい》どころの話《はなし》じゃない。わたしの人生《じんせい》、おしまいだ。

お願《ねが》い。だれか、助《たす》けてえええええ！

5 胸《むね》が、キュン！

ガターン！

とつぜん大《おお》きな音《おと》を立《た》てて、小坂《こさか》がイスから立《た》ちあがった。さわがしかった教室《きょうしつ》が、シーンと静《しず》まりかえる。

「おい、でんでん……、じゃなくて、林《はやし》！」

小坂《こさか》がふりかえってわたしをにらみつけた。

「な、なによ」

なにを言《い》われるのかと、思《おも》わず身《み》がまえる。

「おまえ、白《しろ》うさぎやれ」

「えっ」

すると小坂《こさか》は前《まえ》をむき、学級委員《がっきゅういいん》のふたりにむかって宣言《せんげん》した。

「俺《おれ》、青虫《あおむし》に変更《へんこう》します」

ええっ！

今度《こんど》はクラス全員《ぜんいん》が声《こえ》をそろえた。

「で、でも、小坂《こさか》くん、さっき、白《しろ》うさぎをやるって……！」

ゆうなも席《せき》から立《た》ちあがってそう言《い》ったけど、小坂《こさか》はどかっとイスに座《すわ》って言《い》った。

「白《しろ》うさぎってなんか女《おんな》みたいでいやだし、俺《おれ》、青虫《あおむし》のほうがいい」

「ええっと……」

小山《こやま》さんと柳川《やながわ》くんは顔《かお》を見《み》あわせてから、指示《しじ》を仰《あお》ぐように先生《せんせい》に視線《しせん》を移《うつ》した。

「小坂《こさか》くんの希望《きぼう》なら、変更《へんこう》してもかまわないんじゃないかしら」

先生《せんせい》はそう言《い》うと、黒板消《こくばんけ》しで小坂《こさか》とわたしの名前《なまえ》を消《け》し、白《しろ》うさぎのところにわたしの名前《なまえ》を、青虫《あおむし》のおじさんのところに小坂《こさか》の名前《なまえ》をチョークで書《か》きこんだ。

わたしは大急《おおいそ》ぎで台本《だいほん》をめくった。

白《しろ》うさぎのセリフは青虫《あおむし》よりは少《すこ》し多《おお》いけど、衣装《いしょう》は体操服《たいそうふく》に耳《みみ》としっぽをつけるだけ。小道具《こどうぐ》も時計《とけい》を持《も》つだけでいいみたい。青虫《あおむし》よりは、何十倍《なんじゅうばい》も何百倍《なんびゃくばい》もいい役《やく》だ。

(それなのに、小坂《こさか》、なんでやめるなんて言《い》いだしたんだろう)

「はい、では続《つづ》いて裏方《うらかた》の担当《たんとう》を決《き》めます」

学級委員《がっきゅういいん》は、もうこの話《はなし》は終《お》わったとばかりに、次《つぎ》の議題《ぎだい》へと話《はなし》を進《すす》めていく。

肩越《かたご》しにふりかえると、ゆうなが不満《ふまん》そうにまわりの子《こ》たちになにか訴《うった》えていた。きっと小坂《こさか》に白《しろ》うさぎの役《やく》をしてほしかったんだろう。

小坂《こさか》が、今《いま》どんな表情《ひょうじょう》をしているのか気《き》になったけど、背中《せなか》をむけているのでよくわからない。ただ、ぴょこんと飛《と》びでた耳《みみ》の先《さき》が、赤《あか》く染《そ》まっていることだけはわかった。

(……助《たす》かっちゃったけど、ホントにこれでよかったのかなあ)

ホームルームのあとは、そのままおわりの会《かい》になった。日直《にっちょく》の号令《ごうれい》が終《お》わってすぐに、ランドセルをかついで教室《きょうしつ》からでていった小坂《こさか》を追《お》いかける。

「小坂《こさか》！」

呼《よ》びとめると、小坂《こさか》はめんどくさそうにふりかえった。

「なんだよ」

「あの、さっきの青虫《あおむし》のことだけど……」

わたしはそこまで言《い》ったあと、かわいたくちびるを一度《いちど》なめてから続《つづ》けた。

「もしかして、わたしが青虫《あおむし》をいやがってたから白《しろ》うさぎとかわってくれたの？　もしもそうなら……」

「んなわけ、ねえだろ」

最後《さいご》まで言《い》いおわらないうちに、小坂《こさか》はきっぱり否定《ひてい》した。

「俺《おれ》、青虫大好《あおむしだいす》きなんだ。それに、全身《ぜんしん》タイツっていっぺんやってみたかったし」

（ぜったいウソだあ）

それなら、最初《さいしょ》から立候補《りっこうほ》しているはず。だいたい、全身《ぜんしん》タイツだけじゃなくて、顔《かお》まで絵《え》の具《ぐ》で塗《ぬ》りたくられるんだよ？　そんなのやってみたいなんて子《こ》、いるわけない。

「あ、もしかしておまえ、いまさら青虫《あおむし》やりたいとか言《い》うわけ？」

「ち、ちがうよ。そうじゃなくて……」

「言《い》っとくけど、ぜってーかわんねえかんな。俺《おれ》、もう決《き》めたし」

そう言《い》うと小坂《こさか》はニヤッと笑《わら》って、

「じゃあなっ」

わたしに背《せ》をむけて廊下《ろうか》をかけだした。背中《せなか》で黒《くろ》いランドセルが、元気《げんき》よくはねあがる。

そのうしろすがたを見《み》ていたら、なぜだか胸《むね》がキュンとした。

(あれっ、今《いま》のなんだろ)

苦《くる》しいのとはちがう。ドキドキするのともちがう。

息苦《いきぐる》しいような、それでいてどこかわくわくするような生《う》まれて初《はじ》めての痛《いた》み。

(もしかして、わたし……)

ふいに、おねえちゃんが読《よ》んでいる少女《しょうじょ》まんがのワンシーンを思《おも》いだす。

いやいや、ちがうちがう。そんなんじゃないよ。

だって、少女《しょうじょ》まんがにでてくる女《おんな》の子《こ》たちは、カッコいい男《おとこ》の子《こ》たちがスポーツをがんばっていたり、甘《あま》い言葉《ことば》をささやいてくれたときにドキドキしていたんだもん。

青虫《あおむし》のおじさん役《やく》にかわってくれたから恋《こい》に落《お》ちるなんて、聞《き》いたことがない。

(じゃあ、この胸《むね》の痛《いた》みはなんなんだろ?)

そう思《おも》ったけど、いくら考《かんが》えてもわからない。しかたないから、もうそれ以上考《いじょうかんが》えるのはやめることにした。

6 恋《こい》する気持《きも》ち

学芸会当日《がくげいかいとうじつ》、いよいよ今《いま》から本番《ほんばん》だ。会場《かいじょう》の体育館《たいいくかん》には、大勢《おおぜい》の保護者《ほごしゃ》が集《あつ》まっている。

楽屋《がくや》で何度《なんど》も練習《れんしゅう》したセリフを忘《わす》れないように、口《くち》のなかでぶつぶつとつぶやく。

わたしのとなりでは、ゆうなが台本《だいほん》に目《め》を落《お》としていた。

水色《みずいろ》のワンピースに真《ま》っ白《しろ》なエプロン。たっぷりとカールした髪《かみ》を肩《かた》の上《うえ》で揺《ゆ》らし、見《み》た目《め》はどこから見《み》てもアリスって感《かん》じ! すごくかわいい。

「やっぱ、ゆうな、アリスの衣装《いしょう》、すごく似合《にあ》ってるね」

「ありがとう。……あ、そうだ」

ゆうなはそう言《い》うと、あたりをきょろきょろ見《み》まわしてから、わたしの耳《みみ》もとでささやいた。

「あのね、まいまいにお願《ねが》いがあるんだけど」

「わたしに？　なに？」

するとゆうなは、自分《じぶん》のかばんから白《しろ》いカバーのついたスマホをとりだした。

「劇《げき》が終《お》わったあと、わたしと小坂《こさか》の写真《しゃしん》、撮《と》ってくれないかなあ」

「えっ」

どきんとして、言葉《ことば》につまる。

「でも、写真《しゃしん》なんて撮《と》ってたら、スマホ持《も》ってきてること、バレちゃうんじゃない？」

もごもごとそう言《い》ったけれど、ゆうなは「大丈夫《だいじょうぶ》だよ」とわたしの両腕《りょううで》をつかんだ。

「すぐに次《つぎ》のクラスの劇《げき》が始《はじ》まるから、きっとみんなばたばたしてて気《き》がつかないよ。教《きょう》室《しつ》へもどる前《まえ》、わたしと小坂《こさか》を呼《よ》びとめてほしいんだ。『記念《きねん》に撮《と》ってあげるよ～』って。

まいまいなら、小坂《こさか》もいいよって言《い》ってくれると思《おも》うし」

「……でも、わたし、スマホ持《も》ってないから、撮《と》り方《かた》わからないかも」

重《かさ》ねて言《い》い訳《わけ》してみたけれど、ゆうなは気《き》にせずにこっとほほえんだ。

「すぐ覚《おぼ》えられるよ。ほら、このアイコン押《お》すだけでカメラのアプリに切《き》りかわるよ」

ゆうなはそう言《い》って、なれた手《て》つきで画面《がめん》を押《お》してみせた。

「ねっ、かんたんでしょ」

「……うん。そうだね」

しぶしぶうなずく。ホントは、おねえちゃんがスマホを持《も》っているから、写真《しゃしん》の撮《と》り方《かた》なんてちゃんとわかってる。

だけど、ひきうけたくなかったのだ。どうしてだかわからないけれど。

「ゆうなー！　最終《さいしゅう》チェックするからこっち来《き》て。あと、まいまいもそろそろ準備《じゅんび》して」

遠《とお》くでだれかの声《こえ》がした。

ゆうなはスマホをかばんにもどすと、

「じゃあ、お願《ねが》いね」

にっこり笑《わら》って行《い》ってしまった。

（え～、どうしよう）

その場《ば》に立《た》ちつくしていたら、だれかにぽんと肩《かた》をたたかれた。

「まいまい、はい、これ、白《しろ》うさぎの衣装《いしょう》と小道具《こどうぐ》」

ふりかえると、衣装係《いしょうがかり》のマナが、耳《みみ》としっぽと時計《とけい》を差《さ》しだしていた。

「あ、うん。ありがと」

「どしたの、まいまい。なんか、元気《げんき》なさそうだけど」

マナに聞《き》かれて、わたしは無理《むり》やり笑顔《えがお》をつくった。

「そんなことないよ、ちょっと緊張《きんちょう》してるだけ」

（……しょうがないか。ゆうなに協力《きょうりょく》するって言《い》ったんだから）

わたしは小《ちい》さく息《いき》をつくと、マナから手《て》わたされた白《しろ》うさぎの耳《みみ》を頭《あたま》にセットした。

『あー、いそがしい、いそがしい！　早《はや》くしないと、女王《じょおう》さまにしかられる！』

大《おお》きな時計《とけい》を手《て》にかけまわったあと、舞台《ぶたい》のそでから楽屋《がくや》へともどった。とりあえず、前半《ぜんはん》の出番《でばん》はこれでおしまいだ。

（ちゃんとセリフ言《い》えてよかったあ〜）

ホッとしていたら、うしろでみんなが爆笑《ばくしょう》している声《こえ》が聞《き》こえた。なんだろうとふりかえって、ぎょっとする。

そこには、全身緑色《ぜんしんみどりいろ》の小坂《こさか》が立《た》っていた。

頭《あたま》は緑《みどり》の水泳帽《すいえいぼう》、ぴっちりとした緑《みどり》の長袖《ながそで》T《ティー》シャツに、同《おな》じく緑《みどり》のタイツ。おまけに顔《かお》は絵《え》の具《ぐ》で緑色《みどりいろ》に塗《ぬ》りたくられている。想像以上《そうぞういじょう》のできばえだ。

「……ちょっ、青虫《あおむし》のおじさんの衣装《いしょう》ってあれ？」

わたしが聞《き》くと、衣装係《いしょうがかり》のマナがうんとうなずいた。

「あれにダンボールでできたかぶりものするんだけどね。まいまい、マジでやらなくて正解《せいかい》だよ。青虫《あおむし》の衣装《いしょう》、男子《だんし》たちが一番力《いちばんちから》入《い》れてたしさ。……ホントはあのとき、まいまいに青虫《あおむし》をやらせるなんてひどいって思《おも》ってたんだ。でも、そんなこと言《い》ったらわたしが青虫《あおむし》をやらされるかもって思《おも》って、言《い》えなかった。ごめんね、まいまい」

マナがしょんぼりして頭《あたま》をさげる。

「そんな！　マナが謝《あやま》ることなんてなんにもないよ。わたしが最初《さいしょ》にちゃんと説明《せつめい》を聞《き》いてなかったのが悪《わる》いんだもん」

あわててわたしがそう言《い》うと、マナがぽつんと言《い》った。

「小坂《こさか》、いいやつだよね。まいまいのこと、かばってくれたんだよ、きっと」

「……だよね。わたしも思《おも》った」

そのとき、こっちをむいた小坂《こさか》と目《め》が合《あ》った。

「どーだ、青虫《あおむし》、カッコいいだろ」

そう言《い》って、真《ま》っ白《しろ》な歯《は》を見《み》せて、ニカッと笑《わら》う。

「そ、そんなわけ、ないでしょ！」

口《くち》ではそう言《い》ったけど、そんなのウソ。

フツーに考《かんが》えたら、全身緑《ぜんしんみどり》のタイツ姿《すがた》なんてぜったいにカッコよくない。

だけど、どうしてだろう。こっちをむいて笑《わら》う小坂《こさか》が、だれよりもカッコよく見《み》えた。

一組《くみ》の劇《げき》は大成功《だいせいこう》だった。会場《かいじょう》から聞《き》こえる拍手《はくしゅ》がなかなかなりやまない。

「次《つぎ》のクラスが入《はい》ってくるから、すぐに撤収《てっしゅう》してください！」

ほっとする間《ま》もなく、みんなで大急《おおいそ》ぎで片《かた》づける。ばたばたしているなか、ゆうながかばんを手《て》に近《ちか》づいてきた。

（あっ、そうだった……！）

そういえば、小坂《こさか》とのツーショット写真《しゃしん》を撮《と》ってくれって頼《たの》まれていたんだっけ。

約束《やくそく》したんだから、協力《きょうりょく》しなきゃいけない。だけど、やっぱりわたし……。

「あ、あのね、ゆうな。頼《たの》まれてた写真《しゃしん》のことなんだけど……！」

ことわろうと思《おも》ってそう話《はな》しかけたら、ゆうなが肩《かた》をすくめた。

「あ、あれ？　ごめん。やっぱ、やめとく」

「えっ」

びっくりして聞《き》きかえすと、ゆうなはいつものつやつやしたくちびるをすぼめて言《い》った。

「だってえ、あんな全身《ぜんしん》タイツ姿《すがた》で劇《げき》にでるなんて、ぜんぜんカッコよくないんだもん。なんか、気持《きも》ちさめちゃった」

（え〜〜〜っ！）

わたしはびっくりして、ゆうなをまじまじと見《み》た。

夜《よる》も眠《ねむ》れなくなるほど小坂《こさか》に恋《こい》をしているだなんて言《い》ってたのに、そんなかんたんに気《き》持《も》ちってさめちゃうものなの？

それよりね、と、ゆうなが言葉《ことば》を続《つづ》けた。

「三組《くみ》の中嶋《なかじま》くん、シンデレラの王子《おうじ》さま役《やく》、カッコよかったよね。鳴尾《なるお》さんのことが好《す》きらしいけど、ぜんぜん相手《あいて》にされてないみたいだし、わたし、がんばってみようかな」

そう言《い》って、うふっと肩《かた》をすくめた。

「ええええっ！」

ゆうなってば、もう新《あたら》しい好《す》きな人見《ひとみ》つけちゃったわけ？　切《き》りかえ早《はや》っ！

「さっ、ママにこの衣装着《いしょうき》てるとこ、写真撮《しゃしんと》ってもらおうっと」

あっけにとられているわたしをのこし、ゆうなはカールした髪《かみ》を揺《ゆ》らして行《い》ってしまった。

（やれやれ）

一組《くみ》の荷物《にもつ》をすべて運《はこ》びだしたあと、手《て》を洗《あら》おうと体育館横《たいいくかんよこ》にある手洗《てあら》い場《ば》へ行《い》くと、ちょうど小坂《こさか》がざぶざぶと顔《かお》を洗《あら》っているところだった。

「おつかれ〜」

わたしが声《こえ》をかけると、小坂《こさか》はキュッと水道《すいどう》の蛇口《じゃぐち》を閉《し》め、こちらをふりかえった。

「おお、おつかれっ」

ぬれた髪《かみ》に、きらきらと光《ひか》る水滴《すいてき》をまとい、真《ま》っ白《しろ》な歯《は》を見《み》せて笑《わら》っている。

その表情《ひょうじょう》に目《め》を奪《うば》われて、棒立《ぼうだ》ちになってしまった。

「なあ、タオル、持《も》ってない？」

小坂《こさか》に聞《き》かれて、わたしはあわてて手《て》に持《も》っていたタオルを差《さ》しだした。

「は、はい、これ」

小坂《こさか》は、「サンキュ」と言《い》って受《う》けとると、ごしごしと顔《かお》をふいた。

「あ、あの、今日《きょう》はありがと」

早口《はやくち》でそう言《い》うと、小坂《こさか》は「なにが？」とたずねた。

「ええっと、青虫《あおむし》のおじさんの役《やく》、かわってくれて」

「だから〜、なんべんも言《い》ってんじゃん。俺《おれ》、青虫《あおむし》がやりたかったんだって。それよりさ、学芸会終《がくげいかいお》わったし、明日《あした》からやっとミニバスの練習再開《れんしゅうさいかい》だよな」

そう言《い》ってから、小坂《こさか》は使《つか》いおえたタオルをふわっとわたしの頭《あたま》にのせた。

「また、いっしょに一番《いちばん》のりしようぜ」

ズッキューン！

その笑顔《えがお》に、心臓《しんぞう》を撃《う》ちぬかれる。

やばい。わたし今《いま》、めっちゃ顔赤《かおあか》くなってるかも！

「片《かた》づけが終《お》わった人《ひと》は、全員教室《ぜんいんきょうしつ》にもどってくださーい！」

遠《とお》くから、学級委員《がっきゅういいん》の声《こえ》がした。

「ほら、教室《きょうしつ》もどるぞ」

「……うん！」

かけだした小坂《こさか》のあとを追《お》って、わたしも走《はし》りだす。

恋《こい》する気持《きも》ちがどんなものなのか、わたしにはまだわからない。

でも、また明日《あした》小坂《こさか》と話《はなし》ができる。

そう思《おも》ったら、わくわくしてたまらない。

この気持《きも》ちが、恋《こい》しているってことなのかな？

（……ま、いっか）

細《こま》かいことは気《き》にしないでおこう。

きっといつかわたしにも、自然《しぜん》とわかる日《ひ》が来《く》るだろうから。


（おわり）

通学電車《つうがくでんしゃ》
～君《きみ》と僕《ぼく》のクリスマス～
クリスマスに届《とど》いた
優《やさ》しいプレゼントは…!?
運命《うんめい》の恋《こい》が
はじまった時《とき》の物語《ものがたり》
みゆ・作《さく》
朝吹《あさぶき》まり・絵《え》

通学電車《つうがくでんしゃ》

君《きみ》と僕《ぼく》の～クリスマス～

人物紹介《じんぶつしょうかい》

ハル（春川彼方《はるかわかなた》）

東高《ひがしこう》1年生《ねんせい》の男《おとこ》の子《こ》。サッカーができなくなり、落《お》ち込《こ》んでいる。急《きゅう》に体《からだ》が浮《う》かび、幽体《ゆうたい》離脱《りだつ》するようになって…!?

ユウナ（森下優名《もりしたゆうな》）

北山高校《きたやまこうこう》1年生《ねんせい》。少《すこ》し引《ひ》っ込《こ》み思案《じあん》な、一見《いっけん》普通《ふつう》の女《おんな》の子《こ》。通学電車《つうがくでんしゃ》の中《なか》で、ハルを見《み》かけ…!?

集英社《しゅうえいしゃ》みらい文庫《ぶんこ》の「通学電車《つうがくでんしゃ》」シリーズって？

通学電車《つうがくでんしゃ》～君《きみ》と僕《ぼく》の部屋《へや》～みらい文庫版《ぶんこばん》

キュンキュンして、泣《な》ける恋愛世界《れんあいせかい》が大人気《だいにんき》！

透明感《とうめいかん》あふれる恋愛世界《れんあいせかい》が女《おんな》の子《こ》に大人気《だいにんき》！　胸《むね》がキュンキュンして、泣《な》ける「通学電車《つうがくでんしゃ》」シリーズはハルとユウナのお話《はなし》からはじまったよ。そして、毎回《まいかい》主人公《しゅじんこう》が違《ちが》って、サブキャラが次《つぎ》のヒロインになったりして、いろんな女《おんな》の子《こ》の恋《こい》が読《よ》めるから、おもしろいの。『通学電車《つうがくでんしゃ》～君《きみ》と僕《ぼく》のクリスマス～』の中《なか》にも、『通学電車《つうがくでんしゃ》～ずっとずっと君《きみ》を好《す》き～みらい文庫版《ぶんこばん》』のヒロインが出《で》てくるから、見《み》つけてみてね！

恭介《きょうすけ》（吉沢恭介《よしざわきょうすけ》）

ハルの友《とも》だち。いつも笑顔《えがお》で、すごく優《やさ》しい。ハルのことを心配《しんぱい》している。コンビニでアルバイトをしている。

奈々《なな》

中学《ちゅうがく》３年生《ねんせい》。ハルのことがずっと好《す》き。雑誌《ざっし》のモデルをするくらい、かわいい女《おんな》の子《こ》。

泣《な》き声《ごえ》が聞《き》こえたんだ。

「ママ、パパが……どうしよう」

悲痛《ひつう》な女《おんな》の子《こ》の泣《な》き声《ごえ》に、俺《おれ》の意識《いしき》が覚醒《かくせい》する。

「パパ、死《し》んじゃいやだ！」

『母《かあ》さん、死《し》んじゃいやだ！』

どこかで聞《き》いた、だれかの声《こえ》。

ああ、知《し》っている。これは、いつかの俺《おれ》の声《こえ》だ。

心《こころ》の奥底《おくそこ》にカギをかけて封《ふう》をしたのになあ。

もう二度《にど》と思《おも》い出《だ》したくなかったのになあ。

「お願《ねが》い、パパ。目《め》を覚《さ》ましてよ……！」

涙声《なみだごえ》のあの子《こ》の言葉《ことば》と、俺《おれ》の昔《むかし》はなった言葉《ことば》がキンと共鳴《きょうめい》してリンクした。

ここは、病院《びょういん》。俺《おれ》は数週間前《すうしゅうかんまえ》から、この病院《びょういん》に入院《にゅういん》している。
俺《おれ》には不思議《ふしぎ》な力《ちから》があった。
それに気《き》がついたのは、入院《にゅういん》して間《ま》もなくのことだった。
病室《びょうしつ》のベッドで寝《ね》ていたはずだった。でも、目《め》が覚《さ》めた時《とき》。
俺《おれ》は宙《ちゅう》に浮《う》いていた。
頭《あたま》のすぐ上《うえ》には白《しろ》い天井《てんじょう》。下《した》には、ベッドで眠《ねむ》っている俺《おれ》の体《からだ》が見《み》えた。
最初《さいしょ》は夢《ゆめ》かと思《おも》った。だから、この状況《じょうきょう》をどこか楽《たの》しんでいる自分《じぶん》がいた。
試《ため》しに、部屋《へや》から出《で》てみると、すうと幽霊《ゆうれい》みたいにドアをすりぬけることができた。
ドアの向《む》こうの廊下《ろうか》に出《で》た俺《おれ》は、自分《じぶん》の病室《びょうしつ》のドアを改《あらた》めて見《み》つめた。
『春川彼方《はるかわかなた》』と書《か》かれたプレートを、空中《くうちゅう》にふわふわと浮《う》きながらながめる。
夢《ゆめ》の中《なか》なのか、これが噂《うわさ》に聞《き》く幽体離脱《ゆうたいりだつ》なのか？

よくわからないけど、退屈《たいくつ》な入院生活《にゅういんせいかつ》に予想外《よそうがい》のおもしろい事態《じたい》が起《お》こっているのにワクワクした。

そのまま、天井《てんじょう》まで上昇《じょうしょう》して上《うえ》へ上《うえ》へと上階《じょうかい》のフロアを何層《なんそう》も突《つ》きぬけると。

星空《ほしぞら》が見《み》えた。

どうやら、俺《おれ》は屋上《おくじょう》までできたようで、久《ひさ》しぶりに見《み》る夜空《よぞら》に心《こころ》がおどった。

深夜《しんや》の病院《びょういん》は静《しず》かで、十階《じゅっかい》まであるこの病院《びょういん》の屋上《おくじょう》は、この街《まち》の建物《たてもの》の中《なか》ではかなり高《たか》い。

この街《まち》の中《なか》で一番《いちばん》、高《たか》い場所《ばしょ》にいること。空《そら》に近《ちか》い場所《ばしょ》にいること。

星《ほし》がつかめそうなくらい近《ちか》いことに、なにより興奮《こうふん》した。ワクワクした。

今夜《こんや》は新月《しんげつ》らしく、星《ほし》が暗闇《くらやみ》にきれいに瞬《またた》いているのが見《み》えた。

北極星《ほっきょくせい》に、そのまわりにあるカシオペア座《ざ》、北斗七星《ほくとしちせい》。

星《ほし》をゆっくり見《み》るなんて、いつぶりだろう？

「……きれいだな」

これは夢《ゆめ》かもしれないし、本物《ほんもの》の星空《ほしぞら》を見《み》ているのかもしれない。

でも、そんなことはどうでもよかった。

こんなにきれいな星々《ほしぼし》を見《み》ているという事実《じじつ》は、本当《ほんとう》なのだから。


それから、幽体離脱《ゆうたいりだつ》の回数《かいすう》が日《ひ》に日《ひ》に多《おお》くなっていった。

俺《おれ》は、足《あし》のケガが原因《げんいん》でここに入院《にゅういん》している。

そのケガのせいで、小《ちい》さい頃《ころ》から頑張《がんば》っていたサッカーが、もう二度《にど》とできなくなってしまった。一年生《ねんせい》でレギュラーだったし、サッカーは俺《おれ》にとって全《すべ》てだったから、医者《いしゃ》にそう宣告《せんこく》されて、死《し》にたいくらいつらかった。

だからかもしれない。つらい事実《じじつ》から目《め》を背《そむ》けたい。逃《に》げだしたい。

そんな思《おも》いが加速《かそく》したせいか、眠《ねむ》りにつくと、必《かなら》ずと言《い》っていいほど、体《からだ》から自分《じぶん》が抜《ぬ》けだした。

深夜《しんや》のナースセンターの看護師《かんごし》さんたちの噂話《うわさばなし》。

入院患者《にゅういんかんじゃ》のおじさんたちが、待合室《まちあいしつ》の大《おお》きなテレビで野球観戦《やきゅうかんせん》してる様子《ようす》。

今日《きょう》のご飯《はん》の献立《こんだて》を、こっそりのぞき見《み》したり。

病院《びょういん》の日常《にちじょう》を、ふわりふわりと浮《う》きながら、みんなの頭上《ずじょう》からながめるのは、楽《たの》しかった。

ふわふわと、なんとなく一階《いっかい》の受付《うけつけ》まで飛《と》んでいったら、友《とも》だちの恭介《きょうすけ》がいるのを発見《はっけん》した。

お見舞《みま》いにきてくれたのか。

正直《しょうじき》、うれしかった。

サッカーしか取《と》り柄《え》がなかった俺《おれ》には、もうサッカーができない体《からだ》になったせいか、部《ぶ》活《かつ》ではすっかり用《よう》なしになったようで、見舞《みま》い客《きゃく》なんて恭介《きょうすけ》や妹分《いもうとぶん》の奈々《なな》くらいしかいなかった。

恭介《きょうすけ》が病室《びょうしつ》にくるなら、体《からだ》に戻《もど》らないといけない。

あわてて意識《いしき》を病室《びょうしつ》に寝《ね》ている俺《おれ》の体《からだ》に集中《しゅうちゅう》させた。

俺《おれ》の魂《たましい》と体《からだ》をつなぐ透明《とうめい》なヒモのようなつながりを思《おも》いうかべる。そのヒモをたどっていけば、すうっと、一気《いっき》に体《からだ》に吸《す》いこまれるように戻《もど》っていく。なれたものだ。

病室《びょうしつ》のベッドに横《よこ》たわる自分《じぶん》の体《からだ》に戻《もど》ると同時《どうじ》に、ドアをコンコンとノックされた。

「どうぞ」

寝《ね》てばかりいたせいか、発《はっ》した自分《じぶん》の声《こえ》はひどくかすれていた。

俺《おれ》の言葉《ことば》が合図《あいず》とばかりに、病室《びょうしつ》のドアがガチャリと開《ひら》かれる。

ドアから、制服姿《せいふくすがた》の恭介《きょうすけ》が遠慮《えんりょ》がちに入《はい》ってきた。

「ハル……」

「なんだよ。遠慮《えんりょ》すんなって」

「ああ」

ベッドのかたわらにあるパイプ椅子《いす》に、恭介《きょうすけ》がぎこちなく座《すわ》った。

「体調《たいちょう》、どうだ？」

「まあまあ」

「お前《まえ》、顔色《かおいろ》よくないぞ。ちゃんと食《た》べてるのか？」

「まあまあ」

「しっかり眠《ねむ》れてる？」

「まあまあ」

「おっ前《まえ》、さっきから『まあまあ』しか言《い》ってないじゃんか！」

「あははは」

恭介《きょうすけ》は、いい奴《やつ》だ。久《ひさ》しぶりに笑《わら》ったせいか、口角《こうかく》がひきつるのがわかる。

「早《はや》く、元気《げんき》になるといいな」

「……そうだな」

「俺《おれ》、リンゴ持《も》ってきたんだ。母《かあ》さんがハルにって」

「そっか。ありがとう」

「むいてやろうか？　お前《まえ》、めんどくさがりだから、だれかむかないと食《た》べないだろうし」

「そうだな。俺《おれ》にそんなことしてくれる人間《にんげん》なんて、そばにだれもいないからな」

「……ハル」

恭介《きょうすけ》が悲《かな》しそうにまぶたをふせた。こんな顔《かお》、させたくないのに、どうして俺《おれ》は優《やさ》しくしてくれる恭介《きょうすけ》に、憎《にく》まれ口《ぐち》をたたいてしまうんだろう。

心《こころ》と体《からだ》が別々《べつべつ》みたいだ。

本当《ほんとう》は、恭介《きょうすけ》には感謝《かんしゃ》の気持《きも》ちでいっぱいなのに。

「嘘《うそ》だよ。そうだな、リンゴ、むいてくれるとうれしい」

「そ、そうか！　じゃあ、特別《とくべつ》にうさぎさんの形《かたち》にしてあげる」

「それはいらん」

「なぜえ!?」

ガーンとショックを受《う》けている恭介《きょうすけ》を見《み》つめながらクククと笑《わら》う。

そんな俺《おれ》のとなりで、ていねいにリンゴをむいてくれる恭介《きょうすけ》を、ぼんやり見《み》ていた。

かつて俺《おれ》のためにリンゴをむいてくれた母《かあ》さんはもうこの世界《せかい》にいない。

だから、俺《おれ》のためになにかしてくれているその手《て》を、母《かあ》さんはもう二度《にど》と帰《かえ》ってはこないんだろうなと、うれしくも切《せつ》ない気持《きも》ちでずっと見《み》つめていた。

恭介《きょうすけ》が帰《かえ》ってしまった病室《びょうしつ》は、いつも通《どお》り、殺風景《さっぷうけい》な白《しろ》い無機質《むきしつ》な部屋《へや》へと戻《もど》ってしまった。

オリのようだけど、今《いま》はそのオリの中《なか》に捕《と》らえられているのが俺《おれ》には心地《ここち》よかった。

ふと窓《まど》を見《み》れば、白《しろ》いカーテンの隙間《すきま》から群青色《ぐんじょういろ》と茜色《あかねいろ》のグラデーションの空《そら》が見《み》えた。

太陽《たいよう》が沈《しず》むのだろう、空《そら》には夕月《ゆうづき》がきらめきだしていた。

空《そら》が、見《み》たいと思《おも》った。

俺《おれ》は窓《まど》を開《あ》けることなく、ベッドの中《なか》でまぶたを閉《と》じた。

窓《まど》を開《あ》けなくとも、俺《おれ》は空《そら》へと飛《と》ぶことができたから。

しばらくすると、キーンと耳鳴《みみな》りがしだした。これは、幽体離脱《ゆうたいりだつ》をする前兆《ぜんちょう》。

最初《さいしょ》は怖《こわ》かったけれど、なれるとどうってことはない。

耳鳴《みみな》りがどんどん強《つよ》くなっていく。ぐらぐらする感覚《かんかく》に身《み》を任《まか》せていると、次第《しだい》に心《こころ》と体《からだ》の境目《さかいめ》がわからなくなっていく。

一瞬《いっしゅん》、ラジオのスイッチが切《き》れたように意識《いしき》がなくなったが、次《つぎ》に感覚《かんかく》が戻《もど》った時《とき》、俺《おれ》はいつも通《どお》り体《からだ》から魂《たましい》が抜《ぬ》けた状態《じょうたい》になっていた。

ふわふわふらふら、自由自在《じゆうじざい》に病院《びょういん》をいつものように徘徊《はいかい》する。

ナースセンターの看護師《かんごし》さんたちの世間話《せけんばなし》を聞《き》いたり、待合室《まちあいしつ》のテレビ前《まえ》に集《あつ》まった入院患者《にゅういんかんじゃ》の斜《なな》め後《うし》ろから、いっしょに野球観戦《やきゅうかんせん》したり、気《き》ままに幽体離脱《ゆうたいりだつ》を楽《たの》しむ。

最後《さいご》に、お気《き》に入《い》りの場所《ばしょ》。

天井《てんじょう》を突《つ》きぬけて、屋上《おくじょう》へと目指《めざ》す。

魂《たましい》だけの存在《そんざい》だからかな。物《もの》には触《ふ》れられないけれど、通《とお》りぬけられるのは便利《べんり》だと思《おも》った。

「今日《きょう》も、空《そら》はきれいだなあ」

時々《ときどき》思《おも》う。こうやって飛《と》ぶことができるのなら、空《そら》の向《む》こうまでいけるんじゃないかって。

でも、それをしたら二度《にど》と戻《もど》れない気《き》がして、どうしてもできなかった。

「けど、空《そら》の向《む》こうにいってみたいな。そうしたら、宇宙《うちゅう》が見《み》えるのかな?」

生《い》きているより、こっちの方《ほう》がずっといい。

それは、俺《おれ》が招《まね》いた当然《とうぜん》の結果《けっか》なのだけど。

でも、つらい現実全《げんじつすべ》てに目《め》を向《む》ける勇気《ゆうき》は、俺《おれ》にはない。

体《からだ》から抜《ぬ》けでて、人間観察《にんげんかんさつ》をしたり、大好《だいす》きな空《そら》をながめたりしている方《ほう》がずっとずっと楽《らく》だった。

屋上《おくじょう》で空《そら》を見《み》あげていても、幽体《ゆうたい》だから風《かぜ》を感《かん》じられないのは残念《ざんねん》だったけれど、高《たか》い場所《ばしょ》で夜空《よぞら》や青空《あおぞら》や夕空《ゆうぞら》を見《み》るのは好《す》きだ。

母《かあ》さんもいない、サッカーの夢《ゆめ》もない。

こんな世界《せかい》にいたって、どう生《い》きていけばいいのか今《いま》の俺《おれ》にはわからなかった。

だれもいない屋上《おくじょう》であくことなく空《そら》を見《み》ていたら、突然《とつぜん》、女《おんな》の子《こ》の泣《な》き声《ごえ》が聞《き》こえた。

「ママ、パパが……どうしよう」

悲痛《ひつう》な女《おんな》の子《こ》の泣《な》き声《ごえ》に、ふわふわとした俺《おれ》の意識《いしき》が覚醒《かくせい》する。

「パパ、死《し》んじゃいやだ！」

『母《かあ》さん、死《し》んじゃいやだ！』

どこかで聞《き》いた、だれかの声《こえ》。

ああ、知《し》っている。これは、いつかの俺《おれ》の声《こえ》だ。

母《かあ》さんが亡《な》くなった時《とき》、必死《ひっし》に呼《よ》びかけていた俺《おれ》の声《こえ》だ。

心《こころ》の奥底《おくそこ》にカギをかけて封《ふう》をしたのになあ。

もう二度《にど》と思《おも》い出《だ》したくなかったのになあ。

「お願《ねが》い、パパ。目《め》を覚《さ》ましてよ……！」

涙声《なみだごえ》のあの子《こ》の言葉《ことば》と、俺《おれ》の昔《むかし》はなった言葉《ことば》がキンと共鳴《きょうめい》してリンクした。

俺《おれ》が肉体《にくたい》へと戻《もど》る時《とき》の透明《とうめい》なヒモが、声《こえ》の方《ほう》へとつながった瞬間《しゅんかん》、体《からだ》が吸《す》いよせられた。

そこは、俺《おれ》がいる病棟《びょうとう》とはまた別《べつ》のフロアだった。

手術室《しゅじゅつしつ》なのだろうか。あちこちに見《み》たこともない医療機器《いりょうきき》がたくさん置《お》いてあった。

シュー、シュー、シュー。

ピッ、ピッ、ピッ、ピッ。

いやに、機械音《きかいおん》が耳障《みみざわ》りだった。

俺《おれ》は見《み》つかることはないのに、なんとなく物陰《ものかげ》に身《み》をひそめた。

そろりと物陰《ものかげ》から顔《かお》を出《だ》せば、泣《な》きながらベッドにすがりつく女《おんな》の子《こ》と、彼女《かのじょ》のとなりできぜんとした表情《ひょうじょう》をしている母親《ははおや》らしき女性《じょせい》が見《み》えた。

ベッドに横《よこ》たわっているのは、女《おんな》の子《こ》のお父《とう》さんなのだろうか。いろんな管《くだ》が彼《かれ》の体《からだ》をがんじがらめにしていた。

シュー、シュー、シュー。ピッ、ピッ、ピッ、ピッ。

『ああ。……やめてやめてやめて……音《おと》を、止《と》めて』

これは、俺《おれ》の声《こえ》じゃない。

あの時《とき》、透明《とうめい》なヒモでリンクしたせいだろうか？　彼女《かのじょ》の心《こころ》の中《なか》の声《こえ》が、俺《おれ》の中《なか》になだれこんできた。

『どんなに、どんなに、パパと呼《よ》んでも、返事《へんじ》がないよ……

……パパが私《わたし》を無視《むし》することなんて、今《いま》までなかったのに』

彼女《かのじょ》のおどろきと悲《かな》しみが、痛《いた》いくらい伝《つた》わってくる。

『……それでも、……私《わたし》はパパの声《こえ》が聞《き》きたいよ！　私《わたし》は、パパを呼《よ》ぶのをやめることができないよ』

叫《さけ》び続《つづ》ける女《おんな》の子《こ》の声《こえ》が、だんだんかすれてきた。

かわいらしい声《こえ》がこわれてしまうんじゃないかって、心配《しんぱい》になる。

『のどが痛《いた》い。でも、そんなのかまわない』

「パパ、パパ！」

「……ユウナ……」

固《かた》く閉《と》じられた父親《ちちおや》の目《め》が、うっすらと開《ひら》いた。

もしかしたら、と期待《きたい》する。この子《こ》の父親《ちちおや》は、助《たす》かるんじゃないかって。

そうなればいい。俺《おれ》と同《おな》じになるなんて、かわいそうだ。
心《こころ》の底《そこ》から、そう願《ねが》う。
酸素《さんそ》マスクを外《はず》された父親《ちちおや》の唇《くちびる》が、ふるえながら言葉《ことば》を紡《つむ》いだ。
「……笑《わら》ってなさい、ユウナ。パパは、ユウナが笑《わら》った顔《かお》が一番《いちばん》、好《す》きだよ」
ゆっくりだけど、吐息《といき》まじりのその声《こえ》は、小《ちい》さい声《こえ》だったけれど。
なによりも、強《つよ》く重《おも》い言葉《ことば》だった。
ピ――――――――。と、無情《むじょう》な音《おと》がやけに大《おお》きく響《ひび》いた。
「パパ……いや、いやだよ。パパッ！　あああああ！」
彼女《かのじょ》の声《こえ》は悲痛《ひつう》な泣《な》き声《ごえ》だけになった。
とうとう泣《な》きだしてしまった母親《ははおや》、沈黙《ちんもく》する医者《いしゃ》。
でも、俺《おれ》の目《め》には見《み》えていた。
あの子《こ》の頭《あたま》をなでてる、父親《ちちおや》の姿《すがた》を。
体《からだ》が半分透《はんぶんす》けているから、俺《おれ》と同《おな》じ幽体《ゆうたい》なのかもしれない。
でも、あの子《こ》を見《み》て困《こま》ったような顔《かお》をして、その人《ひと》は優《やさ》しく笑《わら》っていた。

その光景《こうけい》をながめていたら、いたたまれなくなって、意識《いしき》を自分《じぶん》の体《からだ》へ飛《と》ばした。

あの子《こ》が、自分《じぶん》と重《かさ》なって見《み》えてしまい、どうしようもなく苦《くる》しかった。


どうやら、俺《おれ》の体《からだ》は思《おも》っている以上《いじょう》に頑丈《がんじょう》にできていたらしい。

心《こころ》の傷《きず》は治《なお》っていないのに、体《からだ》の傷《きず》はすっかり完治《かんち》してしまった。

永遠《えいえん》に続《つづ》くんじゃないかと漠然《ばくぜん》と思《おも》っていた入院生活《にゅういんせいかつ》も、終《お》わってしまった。

俺《おれ》の目《め》の前《まえ》にあるのは、現実《げんじつ》だ。

水槽《すいそう》の中《なか》の魚《さかな》のように行《い》き場《ば》がなくなった俺《おれ》は、機械《きかい》みたいにいきたくもない学校《がっこう》へと通《かよ》っている。

サッカー部《ぶ》へ足《あし》を運《はこ》んでみたが、当《あ》たり前《まえ》のように俺《おれ》の名前《なまえ》は名簿《めいぼ》から消《け》されていた。

俺《おれ》の居場所《いばしょ》は、どこにもなかった。

興味《きょうみ》のない授業《じゅぎょう》をなんとなく受《う》け、部活《ぶかつ》がなくなったぶん、ぽっかりと空《あ》いてしまった放課後《ほうかご》を無為《むい》にすごす。

友《とも》だちは、いるにはいたが、みんなサッカー部《ぶ》を途中《とちゅう》で辞《や》めてしまうような根性《こんじょう》のない奴《やつ》らばかりで、たしかに、今《いま》の俺《おれ》にはぴったりの仲間《なかま》なのかもしれない。

「ハル！」

「奈々《なな》……」

「やだ！　なに暗《くら》い顔《かお》してるの？　キャハハハッ。なんかハルらしくないね！」

校門《こうもん》を出《で》たら、待《ま》ちかまえていたように奈々《なな》に声《こえ》をかけられた。

奈々《なな》……今井奈々《いまいなな》は、中学《ちゅうがく》の後輩《こうはい》で、俺《おれ》にとって妹《いもうと》のような存在《そんざい》だ。

一《ひと》つ年下《としした》の奈々《なな》は、中三《ちゅう》で、来年《らいねん》は俺《おれ》と同《おな》じ高校《こうこう》を受験《じゅけん》すると張《は》りきっている。

背《せ》が小《ち》さくてかわいらしい奈々《なな》は、いつも自信《じしん》に満《み》ちあふれていて、見《み》ているだけで元《げん》気《き》をもらえるような気《き》がした。

「ねえねえ。ハル、部活辞《ぶかつや》めたしヒマなんでしょ？　どっか遊《あそ》びにいこうよお」

「いや、俺《おれ》これからバイト先《さき》の下見《したみ》にいこうと思《おも》っててさ」

「ええ!?　ハル、バイトするの」

「ああ。恭介《きょうすけ》がコンビニでバイトはじめただろ？　俺《おれ》もいっしょにってさそわれたんだ」

「はー？　ハルがコンビニでバイト!?　うわっ。似《に》合《あ》わない！　こんなにカッコイイのにコンビニとか！　ハルの無駄《むだ》づかいでしょ？　はあ？」

「お前《まえ》が、ほめてくれるのはうれしいけど、俺《おれ》なんか全然《ぜんぜん》カッコよくないぞ……もう、サッカーもできないからな」

瞬間《しゅんかん》、奈々《なな》が大《おお》きな瞳《ひとみ》をじわりとにじませた。でも、それは一瞬《いっしゅん》のことで、すぐにいつもの気《き》の強《つよ》そうな眼差《まなざ》しに変《か》わった。

「キャハハッ。ハルはカッコイイよお！　サッカーなんかしてなくったって、ハルはハルだよ！　奈々《なな》の大好《だいす》きなハルのまんま！　あはは！　ハルったらひくつぅ」

奈々《なな》は、きつい性格《せいかく》をしているから、いろんな人間《にんげん》に誤解《ごかい》されることが多《おお》いけれど、俺《おれ》は奈々《なな》が本当《ほんとう》は優《やさ》しいってことを知《し》っている。

「んー。じゃあ、奈々《なな》もコンビニついていこっかなー。恭介《きょうすけ》にも会《あ》いたいしっ」

「よし、じゃあいっしょにいくか」

「うんっ！　ねえ、ハル。腕組《うでく》んでいい？」

「断《ことわ》る」

上目《うわめ》づかいでかわいらしくのぞきこんでくる奈々《なな》は、小動物《しょうどうぶつ》みたいでかわいかった。

「奈々《なな》……ありがとうな」

こんな、なにもない俺《おれ》を家族《かぞく》のように慕《した》ってくれて、純粋《じゅんすい》にうれしかった。

奈々《なな》はまた一瞬《いっしゅん》だけ泣《な》きだしそうな顔《かお》をすると、すぐにふふんと強気《つよき》に笑《わら》ってくれた。

「いいよー。奈々《なな》、ハルのこと大好《だいす》きだもんっ♪」

俺《おれ》はこいつに心配《しんぱい》をかけている。けれど、奈々《なな》の言葉《ことば》はボロボロだった俺《おれ》の心《こころ》をじんわりといやしてくれた。


「いらっしゃいませ。って、ハル？」

コンビニの自動《じどう》ドアが開《ひら》いた瞬間《しゅんかん》、恭介《きょうすけ》らしい元気《げんき》のよいあいさつが飛《と》んできた。

「恭介《きょうすけ》～。久《ひさ》しぶりぃっ♪」

「奈々《なな》？　おい、俺《おれ》は先輩《せんぱい》なんだから、名前《なまえ》で呼《よ》ぶのやめろって言《い》ってるだろ？」

「なんでぇ？　恭介《きょうすけ》は恭介《きょうすけ》じゃん？」

なんだかんだ、じゃれる奈々《なな》は、恭介《きょうすけ》のことを気《き》に入《い》っているんだ。

そんな二人《ふたり》を微笑《ほほえ》ましく思《おも》いながら、俺《おれ》は店内《てんない》を見回《みまわ》した。

どうやら、今《いま》はレジに恭介《きょうすけ》一人《ひとり》だけのようだ。

店長《てんちょう》や他《ほか》の店員《てんいん》を見《み》たかったのに、残念《ざんねん》だ。

でも、店《みせ》の雰囲気《ふんいき》は好《す》きだなと思《おも》えた。

小《ちい》さい店《みせ》の中《なか》に雑多《ざった》に品物《しなもの》が並《なら》べられていたが、そこがいい。昔《むかし》、通《かよ》った駄菓子屋《だがしや》を思《おも》い出《だ》した。なんだか、懐《なつ》かしいあたたかさを感《かん》じる。

ただきただけでは悪《わる》いので、恭介《きょうすけ》に差《さ》しいれの飲《の》み物《もの》でも買《か》おうかと、ペットボトルが陳列《ちんれつ》されているコーナーへと足《あし》を進《すす》めた。

スナック菓子《がし》の棚《たな》の角《かど》を曲《ま》がろうとした時《とき》、制服姿《せいふくすがた》の女《おんな》の子《こ》が立《た》ちつくしているのが見《み》えた。

(あれは、西高《にしこう》の制服《せいふく》？)

西高《にしこう》はここから電車《でんしゃ》を乗《の》りついだ先《さき》にある進学校《しんがくこう》で、東高《ひがしこう》の生徒《せいと》が多《おお》いここの学区内《がっくない》で見《み》かけるのはめずらしかった。近所《きんじょ》に自宅《じたく》があるのだろうか。

その子《こ》は、レジにいる恭介《きょうすけ》を真剣《しんけん》な眼差《まなざ》しで見《み》つめていた。

ああ。と、納得《なっとく》した。

恭介《きょうすけ》、モテるじゃん。

思《おも》わず笑《え》みが浮《う》かんでしまったが、その子《こ》のじゃまをしてはいけないと、さりげなく通《とお》りすぎるだけにしておいた。

女《おんな》の子《こ》はピンク色《いろ》の財布《さいふ》の中《なか》から小銭《こぜに》を数枚《すうまい》とりだすと、何度《なんど》も確認《かくにん》した後《あと》、意《い》を決《けっ》したようにレジにいる恭介《きょうすけ》へ向《む》かって歩《ある》きだした。

「あの……えっと、……に、肉《にく》まんください」

口《くち》ごもる姿《すがた》があんまりかわいくて、おもしろくて、耐《た》えきれなくなってしまった俺《おれ》は、口《くち》を押《お》さえてなんとかふきだすのをこらえた。

あの恋《こい》、恭介《きょうすけ》にいつか届《とど》いたらいいな。

なんて、柄《がら》にもなく思《おも》ってしまった。

「ありがとうございました！」

店内《てんない》から女《おんな》の子《こ》が出《で》ていくのを見計《みはか》らい、俺《おれ》は恭介《きょうすけ》のいるレジへと歩《ある》いた。

「恭介《きょうすけ》。なんか飲《の》み物《もの》差《さ》しいれしてやるよ」

「え？　いいの？」

「おう。リクエストあるか？」

「なら、おにぎりソーダがいいなあ」

「……俺《おれ》はお前《まえ》がなにを言《い》っているのかわからない」

「えー。知《し》らないの？　新商品《しんしょうひん》なんだよ？　おにぎりソーダ。ほんのり鮭味《さけあじ》がして甘《あま》じょっぱくて美味《おい》しいんだ。ハルもよかったら飲《の》まな……？」

「やっぱり差《さ》しいれはなし！」

「ひどい!?」

あんまり恭介《きょうすけ》がすねるものだから、しぶしぶおにぎりソーダとやらをおごってやる。

ペットボトルのパッケージに描《か》かれている鮭《さけ》おにぎりがリアルすぎて、俺《おれ》は飲《の》む気《き》にはなれなかった。

恭介《きょうすけ》って、変《へん》な趣味《しゅみ》してるんだよなあ。でも、そこがおもしろいんだけど。

「ハル！　奈々《なな》も！　奈々《なな》にも買《か》って買《か》って！」

「ああ、いいぜ」

「やったー。じゃあ、奈々《なな》はいちごポッキーがいいなあ」

奈々《なな》はこうやって、人《ひと》にねだるくせがある。

でも、それはコイツにとっての愛情確認《あいじょうかくにん》ということも、俺《おれ》は知《し》っている。

それが証拠《しょうこ》に、奈々《なな》は無理《むり》なお願《ねが》いはしてこない。おごってくれと言《い》っても、いつも安《あん》価《か》なものだ。高価《こうか》なものを、一度《いちど》も奈々《なな》はねだったことはない。

恭介《きょうすけ》の仕事《しごと》のじゃまになるのは避《さ》けたいので、買《か》うものを買《か》ってコンビニを後《あと》にした。

「わあ。もう夕方《ゆうがた》だねえ。空《そら》、まっ赤《か》だー」

「本当《ほんとう》だな」

「奈々《なな》、夕方《ゆうがた》は嫌《きら》いだな」

「どうして？」

「だって、帰《かえ》らなきゃいけないから。ハルと、もっと遊《あそ》んでたいなあ」

そうさびしがる奈々《なな》は、いつまでも公園《こうえん》で遊《あそ》んで帰《かえ》りたがらない子供《こども》のようだ。

「そうだな。帰《かえ》りたくないよな。ずっと遊《あそ》んでいたいよな」

「でしょ!? だったらさあ、今日《きょう》は帰《かえ》らないで遊《あそ》ぼーよ！」

「ダメだ。お前《まえ》んちのお母《かあ》さんが心配《しんぱい》するだろ」

奈々《なな》は母親《ははおや》と二人暮《ふたりぐ》らしだ。女手一《おんなでひと》つで奈々《なな》を育《そだ》てるため、お母《かあ》さんが夜遅《よるおそ》くまで働《はたら》いているのを知《し》っていた。

「えー、いいよお。ママなんて、いっつも夜《よる》まで帰《かえ》ってこないんだからぁ」

「それは、お前《まえ》を育《そだ》てるために夜遅《よるおそ》くまで働《はたら》いてるからだろ？」

「それは……そうだけどぉ」

「なら、家《いえ》でお母《かあ》さんの帰《かえ》りを待《ま》っててやれよ」

「……はあい」

素直《すなお》にうなずく奈々《なな》の頭《あたま》を、よしよしとなでてやる。

俺《おれ》は一人《ひとり》っ子《こ》だけれど、妹《いもうと》がいたらこんな感《かん》じなのかもしれない。

「春川《はるかわ》……」

奈々《なな》が猫《ねこ》みたいに目《め》をつむってうれしそうに俺《おれ》になでられている時《とき》だった。

聞《き》きおぼえのある声《こえ》が、俺《おれ》の名前《なまえ》を呼《よ》んだ。

「……山本《やまもと》」

そこには、サッカー部《ぶ》の先輩《せんぱい》だった山本《やまもと》が立《た》っていた。

一年《ねん》の俺《おれ》にレギュラーをうばわれた山本《やまもと》は、ずいぶん俺《おれ》を恨《うら》んでいたと聞《き》く。

「おい！　先輩《せんぱい》に対《たい》して呼《よ》びすてはねえだろ！」

「………」

「あいかわらず、生意気《なまいき》な野郎《やろう》だな」

サッカーの才能《さいのう》があった俺《おれ》は、入部《にゅうぶ》して即《そく》レギュラーに選《えら》ばれた。

たしかに、調子《ちょうし》に乗《の》っていた所《ところ》はある。先輩《せんぱい》に目《め》をつけられて当《あ》たり前《まえ》だ。

でも、あの時《とき》の俺《おれ》には敵《てき》がいなかった。

正直《しょうじき》、サッカーが下手《へた》な奴《やつ》を見下《みくだ》していた。

その、ツケが回《まわ》ってきたのだと思《おも》った。

「ハル、いこう！」

ヤバイと判断《はんだん》したのか、いつになく真剣《しんけん》な顔《かお》をした奈々《なな》に腕《うで》を引《ひ》っ張《ぱ》られる。

「サッカーから逃《に》げだして、女《おんな》と遊《あそ》んでるなんて、お前《まえ》は本当《ほんとう》にクズだな」

「…………」

なにを言《い》われても仕方《しかた》がないと思《おも》った。

俺《おれ》は、サッカーからも、家族《かぞく》のことからも……自《じ》分《ぶん》の夢《ゆめ》からも逃《に》げまわっている。

「なによ、アイツ、えらそうに！」

「奈々《なな》……」

「ハルのこと、ぜんっぜん、知《し》らないくせに。ハルが、ケガして……二度《にど》とサッカーできないの、知《し》らない、くせに……」

奈々《なな》が鼻《はな》をひくつかせて、泣《な》きだした。

気持《きも》ちはうれしいけれど、言葉《ことば》に出《だ》されると事実《じじつ》がガラスの破片《はへん》のように心《こころ》に突《つ》きささった。

これ以上《いじょう》なにも考《かんが》えたくない。

また、あのオリのような白《しろ》い病室《びょうしつ》に戻《もど》りたくなってしまう。

思考停止《しこうていし》した俺《おれ》は、この辺《へん》に土地勘《とちかん》があまりない奈々《なな》の歩《ある》く方《ほう》へと手《て》を引《ひ》かれるままついてきてしまった。

「……あ」

それは、見《み》なれた光景《こうけい》。

いつの間《ま》にか、学校《がっこう》のグラウンドまで戻《もど》ってきてしまっていた。

放課後《ほうかご》、部活《ぶかつ》が終《お》わっても自主練《じしゅれん》をするサッカー部員《ぶいん》。

昔《むかし》、俺《おれ》もあの中《なか》の一人《ひとり》だった。

夕陽《ゆうひ》が、赤《あか》くグラウンドを照《て》らしていた。

部員《ぶいん》の白《しろ》いユニフォームが夕陽《ゆうひ》で赤《あか》く染《そ》められて、きれいでまぶしかった。

楽《たの》しそうに掛《か》け声《ごえ》をあげながら、ボールをける部員《ぶいん》たちを、俺《おれ》はこれ以上《いじょう》見《み》ていることができなかった。


「クリスマスパーティー？」

つまらない授業《じゅぎょう》も聞《き》きあきて、休《やす》み時間《じかん》、大《おお》きなあくびをする。

なんのために学校《がっこう》にきているか意味《いみ》を見《み》いだせないでいた。

いっそ、学校《がっこう》なんて辞《や》めてしまおうか。

そんなことを考《かんが》えていた時《とき》だった。

突然《とつぜん》、恭介《きょうすけ》にクリスマスパーティーをやらないかと声《こえ》をかけられた。

「そう！　二十四日《にじゅうよっか》、クリスマスイブに、カラオケ一室《いっしつ》借《か》りきってさ、プレゼント用意《ようい》してさあ」

「だれがくるんだ？」

「俺《おれ》とハル」

「…………」

「うそうそ！　嘘《うそ》だから、席《せき》を立《た》たないで！」

恭介《きょうすけ》をからかうのは楽《たの》しいので、話《はなし》を聞《き》いてやることにした。

「他《ほか》に、銀《ぎん》くんと、成《なる》くんと」

「男《おとこ》ばっかりじゃねえか」

「仕方《しかた》ないじゃないか。みんな、彼女《かのじょ》なしなんだから。彼女《かのじょ》がいたら、こんなむさくるしい集《あつ》まりにくると思《おも》う？」

「ですよねー」

そりゃそうだろう。彼女《かのじょ》がいたら、クリスマスは二人《ふたり》きりで過《す》ごすに決《き》まっている。

「お。そうだ。奈々《なな》を呼《よ》ぶか」

「絶対《ぜったい》、いや。断固拒否《だんこきょひ》」

「恭介《きょうすけ》。お前《まえ》、奈々《なな》のこと本当《ほんとう》に嫌《きら》いだな。お前《まえ》が誰《だれ》かを嫌《きら》うなんてめずらしいな」

「うーん。俺《おれ》だってあんまり人《ひと》のことを嫌《きら》いになりたくないんだけど、奈々《なな》は別《べつ》だよ。あの子《こ》、ちょっと怖《こわ》いよ。危険《きけん》って言《い》うか、怖《こわ》いもの知《し》らずって言《い》うか」

「奈々《なな》はただ子供《こども》なだけだろ？」

「ハルはそう言《い》うけど……あんまりあの子《こ》に関《かか》わるの、よくないと思《おも》うよ。どうなっても知《し》らないからね？」

「たかだか中学生《ちゅうがくせい》の女《おんな》の子《こ》に、おっ前《まえ》、おびえすぎ」

「ハルは、奈々《なな》のことを妹《いもうと》みたいって思《おも》ってるけど。あの子《こ》は、ちがうよ。奈々《なな》の想《おも》いは本物《ほんもの》だし、ハルをお兄《にい》ちゃんじゃなくて、男《おとこ》の子《こ》として見《み》ているよ」

恭介《きょうすけ》が心配《しんぱい》するのはわかるが、どうしても奈々《なな》は守《まも》ってやらなければと思《おも》ってしまうのだ。

一人《ひとり》は、さびしいから。

奈々《なな》の母親《ははおや》と二人暮《ふたりぐ》らしのさびしさが、母《かあ》さんを失《うしな》った俺《おれ》には痛《いた》いほどわかる。

「奈々《なな》は、さびしいだけなんだ。クリスマス、呼《よ》んでやってくれないか？」

奈々《なな》のことだ。クリスマスは母親《ははおや》が仕事《しごと》だと言《い》っていた。

さびしくなって、ふらふらと外《そと》へ遊《あそ》びにいってしまうくらいなら、俺《おれ》が面倒《めんどう》を見《み》てやりたいと思《おも》っていた所《ところ》だ。

「うーん。ハルがそこまで言《い》うのなら、仕方《しかた》ないなあ」

恭介《きょうすけ》は苦《にが》い顔《かお》をしながら、しぶしぶ手帳《てちょう》のリストに奈々《なな》を書《か》きくわえてくれた。

「お前《まえ》さ」

「今度《こんど》はなに!?」

「本当《ほんとう》に優《やさ》しいよな」

「！」

「俺《おれ》は、奈々《なな》にもお前《まえ》にも、幸《しあわ》せになってほしいよ」

意外《いがい》だったのか、恭介《きょうすけ》が大《おお》きく目《め》を見開《みひら》いた。

恭介《きょうすけ》は、黙《だま》っていれば冷《つめ》たいくらい整《ととの》った顔《かお》をしている。だが、表情《ひょうじょう》が豊《ゆた》かで愛嬌《あいきょう》があるせいか、その冷《つめ》たさもかききえて、逆《ぎゃく》に人《ひと》からとても好《す》かれていた。

「そんなの、俺《おれ》だって同《おな》じだよ。ハルには、人《ひと》の何倍《なんばい》も幸《しあわ》せになってほしいよ」

本当《ほんとう》に、恭介《きょうすけ》にも、奈々《なな》にも、俺《おれ》は救《すく》われている。

コイツらがいなかったら、俺《おれ》はまたあの夜空《よぞら》に帰《かえ》っていたかもしれない。

二人《ふたり》は、俺《おれ》に無償《むしょう》の優《やさ》しさを惜《お》しみなくくれるけれど、なぜだろう。

俺《おれ》の心《こころ》の中《なか》は、空《から》っぽだ。

どんなに優《やさ》しさを注《そそ》がれても、底《そこ》なしのまっ暗闇《くらやみ》で、そこにはなにも満《み》たされなかった。


昨日《きのう》のクリスマスパーティーは、楽《たの》しいと言《い》えば楽《たの》しかった。

カラオケで好《す》き勝手《かって》にみんなで大騒《おおさわ》ぎして、ノリのいい歌《うた》を大声《おおごえ》で歌《うた》って、ピザやポテトやパフェを食《た》べきれないくらい注文《ちゅうもん》して、みんな笑顔《えがお》で楽《たの》しんでいた。

特《とく》に、奈々《なな》が一番大《いちばんおお》はしゃぎをしていたのが、微笑《ほほえ》ましかった。

『楽《たの》しいねっ♪　ハルといるのも楽《たの》しいけど、みんなと騒《さわ》ぐとさびしくないね』

奈々《なな》の母親《ははおや》は、予定通《よていどお》り仕事《しごと》だったらしく、帰《かえ》ってこなかったと聞《き》いた。

恭介《きょうすけ》に無理《むり》を言《い》ってでも、さそってよかったなと改《あらた》めて思《おも》った。

いつもの電車《でんしゃ》にゆられながら、眠気《ねむけ》をかみころす。

昨日《きのう》はクリスマスイブ。本当《ほんとう》のクリスマスは二十五日《にじゅうごにち》の今日《きょう》だ。

クリスマスなのに、学校《がっこう》があるのは釈然《しゃくぜん》としない。

いっそ、休日《きゅうじつ》にすればいいのに。

つり革《かわ》につかまり、車窓《しゃそう》の流《なが》れる景色《けしき》をぼうっとながめた。

俺《おれ》がいつも見《み》ていた景色《けしき》とは、ちがうように見《み》えた。

前《まえ》はサッカー部《ぶ》の朝練《あされん》があったから、早朝《そうちょう》の朝《あさ》もやに包《つつ》まれた生《う》まれたての景色《けしき》を窓《まど》からながめるのが好《す》きだった。

でも、今《いま》は朝練《あされん》へいくこともなくなったから、電車《でんしゃ》の時間《じかん》を遅《おそ》めにずらしていた。時間帯《じかんたい》がちがうだけなのに、こんなにも風景《ふうけい》が変《か》わることを、知《し》りたかったような知《し》りたくなかったような複雑《ふくざつ》な気持《きも》ちで見《み》つめる。

「ユウナ、なにそれ。あはは！」

「だって、あれは笑《わら》っちゃうよ」

それなりに人《ひと》が乗《の》っている電車《でんしゃ》の中《なか》、どこかで聞《き》いたような声《こえ》がした。

「もうー。ユウナらしいなあ」

「そこまで言《い》うことないじゃない。あー。今更恥《いまさらは》ずかしくなってきたよ」

「あははは っ」

それは、通学電車《つうがくでんしゃ》でよく見《み》る光景《こうけい》だった。

女《おんな》の子《こ》の集団《しゅうだん》が、他愛《たわい》もないおしゃべりに夢中《むちゅう》になっているだけのこと。

でも、あれは……。

（あの子《こ》だ）

まちがいない。あの、やわらかに微笑《ほほえ》んでいるまん中《なか》の女《おんな》の子《こ》は、俺《おれ》が入院《にゅういん》していた時《とき》に、父親《ちちおや》の亡《な》きがらにすがりついて泣《な》いていた子《こ》だ。

「ユウナってさ、本当《ほんとう》に天然《てんねん》だよねえ。ここまでだと笑《わら》えてきちゃうよ」

「ほんっと、楽《たの》しい！」

「えへへ」

なんだ。

こいつは、俺《おれ》とちがうのか。

こないだ父親《ちちおや》を亡《な》くしたばかりだっていうのに、よくヘラヘラ笑《わら》えるな。

俺《おれ》と同《おな》じだ、なんて思《おも》ったけれど、どうやらちがうみたいだ。

少《すこ》しあきれながら、視線《しせん》を窓《まど》の景色《けしき》に戻《もど》そうとした時《とき》だった。

友《とも》だち二人《ふたり》に囲《かこ》まれた、ユウナと呼《よ》ばれたその子《こ》は、一瞬《いっしゅん》だけ、ものすごくさびしそうな表情《ひょうじょう》をしていた。

唇《くちびる》をかみしめ、ふるえる手《て》で胸元《むなもと》をつかんでいるのを、俺《おれ》は見逃《みのが》さなかった。

でも、すぐに口角《こうかく》を無理《むり》にあげ、ニコッと友《とも》だちに笑《わら》いかけた。

「ねえ。放課後《ほうかご》、みんなでドーナツ食《た》べにいかない？」

ぐっと、かみしめた唇《くちびる》を開《ひら》いて、元気《げんき》な声《こえ》でそう言《い》った。

『……笑《わら》ってなさい、ユウナ。パパは、ユウナが笑《わら》った顔《かお》が一番《いちばん》、好《す》きだよ』

こいつは、父親《ちちおや》との最後《さいご》の約束《やくそく》を守《まも》っているんだ。

そのことに気《き》がついたとたん、心臓《しんぞう》をぎゅうと鷲《わし》づかみにされたような気《き》がした。

泣《な》きたいのに、つらいのに、頑張《がんば》って笑《わら》ってる。父親《ちちおや》との約束《やくそく》を、せいいっぱい守《まも》ろうとしている。

なんだか……今《いま》にも、彼女《かのじょ》が泣《な》きだしてしまいそうで、目《め》が離《はな》せなくなった。

それは、あの子《こ》のせいいっぱいの強《つよ》がりだった。

それに比《くら》べて、俺《おれ》は。

あんなか弱《よわ》い女《おんな》の子《こ》でも、頑張《がんば》っているのに、俺《おれ》はいじけてばかりだ。

痛々《いたいた》しいけれど、やわらかい光《ひかり》のような笑顔《えがお》は、かわいかった。

好《す》きだ、と思《おも》った。

俺《おれ》は、この子《こ》が好《す》きだ。

空《から》っぽだった心《こころ》に、あの子《こ》の優《やさ》しい光《ひかり》が満《み》ちていく気《き》がした。

俺《おれ》がほしかったのは、このあたたかさだ。

クリスマスなんて、と、バカにしていたけれど、サンタクロースはいるのかもしれない。

クリスマスの日《ひ》に、空《から》っぽだった心《こころ》を満《み》たしてくれるあの子《こ》の笑顔《えがお》をプレゼントしてくれた。

サッカーができない体《からだ》になった日《ひ》、母《かあ》さんを失《うしな》った日《ひ》。

俺《おれ》は、神様《かみさま》なんていないと思《おも》った。

今《いま》も、そこまで信《しん》じてはいないけれど。

でも、あの子《こ》といたら、いろんなことをもう一度《いちど》、色《いろ》あせてしまった俺《おれ》の景色《けしき》がもう一度《いちど》、色《いろ》づくかもしれないと、思《おも》った。

あまりに見《み》つめすぎたからか、俺《おれ》の視線《しせん》に気《き》がついたその子《こ》がこっちを向《む》いてしまった。

しばらく、視線《しせん》と視線《しせん》が重《かさ》なりあう。

俺《おれ》は彼女《かのじょ》を見《み》ていたかったから、目《め》をそらさなかった。

そらしたのは、向《む》こうからだ。

なぜか、耳《みみ》まで顔《かお》をまっ赤《か》にして、友《とも》だちの中《なか》にかくれてしまった。

残念《ざんねん》だな。とは、思《おも》ったけれど、この電車《でんしゃ》に彼女《かのじょ》がいつも乗《の》っているなら、また明日《あした》、同《おな》じ時刻《じこく》の車両《しゃりょう》に乗《の》りこんでみようと思《おも》えた。

まっ暗《くら》だった心《こころ》に、一筋《ひとすじ》の光《ひかり》が射《さ》した気《き》がした。


「ユウナ〜？　どうしたの？　顔《かお》まっ赤《か》だよ⁉」

「熱《ねつ》でも出《で》た？　風邪《かぜ》？」

「ううん……」

その後《あと》、ユウナがしていた会話《かいわ》を、俺《おれ》は知《し》らない。

「私《わたし》、ひとめぼれしちゃったかも……」


（おわり）

マネージャーなのに、選手《せんしゅ》のあいつに
チョコを渡《わた》せなくて……？

たったひとつの君《きみ》との約束《やくそく》

～オ・モ・イ・ダ・サ・ナ・イ・デ～

みずのまい・作《さく》
U35(うみこ)・絵《え》

たったひとつの君《きみ》との約束《やくそく》 とは…

小学《しょうがく》５年生《ねんせい》の前田未来《まえだみらい》は、持病《じびょう》で病院《びょういん》に入院《にゅういん》しているときに、「ひかり」というサッカー好《ず》き少年《しょうねん》に出会《であ》い、ひかれていく。だけど、１年後《ねんご》に再会《さいかい》したひかりは交通事故《こうつうじこ》でみらいのことを忘《わす》れていて……！　このお話《はなし》は、そんなひかりをサッカークラブのマネージャーとしてささえる「まりん」のお話《はなし》です！

大人気《だいにんき》シリーズ！

大木《おおき》ひかり

明《あか》るいサッカー少年《しょうねん》。「５年生《ねんせい》のキャプテン」をめざしていたけれど……？

前田未来《まえだみらい》

持病《じびょう》があり、うしろむきになっていたときに、「ひかり」と出会《であ》う。

このお話《はなし》の主人公《しゅじんこう》

大宮《おおみや》まりん

女子《じょし》サッカーをやっていたけれど、ひかりの所属《しょぞく》する「ファイターズ」のマネージャーになる。

「乗《の》るの？　乗《の》らないの？」
バスの運転手《うんてんしゅ》さんにきかれ、３秒間《びょうかん》、ものすごいいきおいでいろんなことを考《かんが》える。
こんなにも迷《まよ》いに迷《まよ》った３秒間《びょうかん》は生《う》まれて初《はじ》めてだ。
顔《かお》をあげる。
「ごめんなさい。乗《の》らない」
バスのドアがしまり、発車《はっしゃ》すると、思《おも》わず両手《りょうて》をのばして、ジャンプした。
やった！　解放《かいほう》された！
軽《かる》くなった体《からだ》で、暑《あつ》さでじりじりと焼《や》けている道路《どうろ》を歩《ある》きだす。
あたしの名前《なまえ》は大宮《おおみや》まりん、現在《げんざい》、小学校《しょうがっこう》３年生《ねんせい》の夏休《なつやす》みまっただなか。
今日《きょう》は女子《じょし》サッカーの練習《れんしゅう》の日《ひ》。
けど、今《いま》、さぼりました。

ううん、さぼったんじゃない。
もうやめる！
さぼるのもやめるのも悪《わる》いこと。
なのに、なんで、こんなに体《からだ》が軽《かる》いんだろう？
空《そら》がいつもより澄《す》んで見《み》えるんだろう？
ジャージ姿《すがた》にスポーツバッグを背負《せお》いながら、ぶらぶらと住宅街《じゅうたくがい》にもどる。
あ、今《いま》、家《いえ》にもどったらお母《かあ》さんにおこられる。時間《じかん》つぶさないと。

ボン！ ボン！

そのとき、どこからか、いやな音《おと》が聞《き》こえてきた。
まさかとは思《おも》うけど、サッカーボールって、塀《へい》に当《あ》たるとこんな音《おと》じゃなかったっけ？
ふりむき、音《おと》のほうへ静《しず》かに足《あし》を動《うご》かしていく。
すると、空《あ》き地《ち》で1人《ひとり》でサッカーをやっている男《おとこ》の子《こ》がいた。
あれ？ あのうしろ姿《すがた》は……！
ブロック塀《べい》に当《あ》たったボールが跳《は》ねかえり、あたしの足《あし》もとに飛《と》んできた。

ボールを止《と》める。

「あ！　大宮《おおみや》！」

そう言《い》って、同《おな》じクラスで近所《きんじょ》に住《す》んでいる大木《おおき》ひかりがふりむいた。

「大木《おおき》、1人《ひとり》でなにしているの？」

あたしがパスすると、受《う》け止《と》めた。

「練習《れんしゅう》だよ」

「1人《ひとり》で？」

「仕方《しかた》ねえだろ。おれが人《ひと》より練習《れんしゅう》するしかないって、おまえもサッカーやってるなら、大宮選手《おおみやせんしゅ》の妹《いもうと》ならわかるだろ」

大宮選手《おおみやせんしゅ》の妹《いもうと》。

その言葉《ことば》にカチンときた。

「うるさい！」

腹立《はらだ》ちまぎれに、ボールをうばいとり、思《おも》い切《き》りブロック塀《べい》にけってやると、ボールははねかえり大木《おおき》は小《ちい》さな体《からだ》でせっせと追《お》いかけ、足《あし》うらでおさえた。

「力《ちから》あるなあ。あれ、これから、大宮《おおみや》は女子《じょし》サッカーの練習《れんしゅう》？　女子《じょし》チームは遠《とお》くにしかないからバスに乗《の》って行《い》くんだろ？」

「さぼったの。ううん、やめたの」

「え？　だって、まだ、はじめたばっかりなんじゃねえ？」

「だからこそ、今《いま》やめる。大宮選手《おおみやせんしゅ》の妹《いもうと》って言葉《ことば》に、もううんざり。いいパスができれば『さすが、大宮《おおみや》の妹《いもうと》』。へましたら『大宮《おおみや》の妹《いもうと》のくせに大《たい》したことない』。そういうのが、心底《しんそこ》、い！　や！」

い！　や！　のときに、ドン！　ドン！　と、二回《かい》、足《あし》ぶみすると、大木《おおき》はあたしの迫《はく》力《りょく》におされたようであんぐりと口《くち》をあけていた。

「怪獣《かいじゅう》みたいだぞ」

「うるさい！　チビ！」

すると、大木《おおき》はうなだれてしまった。

まずい、傷《きず》つけちゃった？

けど、こいつだって、女《おんな》の子《こ》に怪獣《かいじゅう》って言《い》ったんだから、同罪《どうざい》だ。

大木《おおき》が顔《かお》をあげる。

なにか言《い》いかえしてくるかな？　と、思《おも》いきや、真顔《まがお》でこう言《い》ってきた。

「ま、おまえの判断《はんだん》、正《ただ》しいかもな。サッカーを続《つづ》ければずっと大宮選手《おおみやせんしゅ》の妹《いもうと》ってことは絶対《ぜったい》についてまわる。おれがこの身長《しんちょう》と戦《たたか》い続《つづ》けるように」

ざわりと風《かぜ》がふき、空《あ》き地《ち》のすみの草《くさ》がゆれた。

本当《ほんとう》の言葉《ことば》だ。

気休《きやす》めではない、真実《しんじつ》を、現実《げんじつ》を、今《いま》、大木《おおき》は口《くち》にした。

あたしのお兄《にい》ちゃんは高校《こうこう》サッカー界《かい》のスター選手《せんしゅ》。

家《いえ》のなかはサッカーの話題《わだい》が多《おお》くて、あたしも運動神経《うんどうしんけい》はいいほうで、だから、自然《しぜん》と習《なら》いだしたけど、お父《とう》さんもお母《かあ》さんも、比《くら》べられるってことには気《き》づかなかったのか、気《き》づいていたけど、あえて口《くち》にしなかったのか。

いや、お父《とう》さん、お母《かあ》さんがどうのじゃなくて、あたしが甘《あま》かった。

まさか、チビで、成績《せいせき》もいまいちで、教室《きょうしつ》で休《やす》み時間《じかん》、ギャーギャー騒《さわ》いでいるだけの、大木《おおき》ひかりに、ずばり言《い》い当《あ》てられてしまうとは。

「かして」

あたしは、大木《おおき》に近《ちか》づき、ボールをとった。

「今日《きょう》は、なんの練習《れんしゅう》するの？　シュート？　ドリブル？　パス？　つきあってあげる」

大木《おおき》はきょとんとしている。

「ほら、いくよ」

ボールをパスすると、そのままあたしたちは、練習《れんしゅう》しだした。

☆☆☆

「ほら、西野《にしの》！　かこまれたからってあわてるな！　もう5年生《ねんせい》でしょ！」

あたしはベンチからとびだし、メガホンをにぎりしめ、グラウンドにむかって声《こえ》をはりあげた。

でも、その声《こえ》はむなしく、相手《あいて》チームにかこまれせっぱつまった丸刈《まるが》り頭《あたま》の西野《にしの》は、適《てき》当《とう》なところにボールをけりだす。

そして、あっというまにボールをとられてしまった。

ふりむくと、ベンチの監督《かんとく》はくっくと笑《わら》っている。

もう、笑《わら》っている場合《ばあい》じゃないでしょ！

けど、そのとき。

相手《あいて》チームにとられたボールをすぐにスライディングでとりかえした男《おとこ》の子《こ》がいた。

西野《にしの》がよろこびの声《こえ》をあげる。

「ひかり！　ナイス！」

そのままひかりはドリブルで相手《あいて》ゴールにつきすすんでいく。

「うまくなったな」

監督《かんとく》のつぶやきが聞《き》こえた。

あたしは、メガホンをにぎりしめたまま、ひかりのドリブルを祈《いの》るように見守《みまも》る。

3年生《ねんせい》の夏休《なつやす》み。

気《き》づいたら、2人《ふたり》でサッカーの練習《れんしゅう》をするようになり、そのままひかりに「チームのマネージャーやらないか？」とさそわれ、今《いま》じゃ、あたしは、ファイターズの鬼《おに》マネージャーだ。

そして、今日《きょう》はチーム内《ない》の5年生《ねんせい》だけの練習試合《れんしゅうじあい》。

監督《かんとく》はおそらく、今日《きょう》、5年生《ねんせい》チームのキャプテンを決《き》めるはず。

ひかりは、本当《ほんとう》にうまくなった。

背《せ》も、今《いま》じゃあたしと同《おな》じぐらいになり、いつからか、あたしは「大木《おおき》」と苗字《みょうじ》ではなく、「ひかり」と呼《よ》ぶようになっていた。

ひかりがシュート体勢《たいせい》にはいる。

一見《いっけん》、決《き》まるように見《み》えるけど……！

「ひかり！　ちがう！」

あわてて、声《こえ》をだしたけど、もうおそかった。

ひかりのシュートはゴールキーパーに胸《むね》でとられてしまった。

「キーパー、いいぞ」

相手《あいて》チームの明《あか》るい声《こえ》とは逆《ぎゃく》にひかりは肩《かた》を落《お》とす。

「仲間《なかま》の西野《にしの》があれだけいい位置《いち》にいたのにな」

監督《かんとく》があたしのとなりにやってきて、首《くび》に巻《ま》いているタオルで汗《あせ》をふいた。

その通《とお》り。ひかりは、さっき、自分《じぶん》でシュートを打《う》つべきじゃなかった。

自分《じぶん》で打《う》つように見《み》せかけ、いい位置《いち》にはいってきた西野《にしの》にパスして、シュートさせるべきだった。

きっと、ひかりは、西野《にしの》をたよりないと思《おも》ったんだろう。

でも、西野《にしの》は、気《き》が弱《よわ》いってだけで、シュートはうまい。

しかも、西野《にしの》はさっきのプレーに責任《せきにん》を感《かん》じて、ゴール近《ちか》くまで猛《もう》ダッシュで走《はし》ってきたのに。

たしかにひかりはうまくなった。

だけど、あの一生懸命《いっしょうけんめい》さというか、まっすぐさが、悪《わる》い方向《ほうこう》にプレーにでてしまう。

チームメイトを使《つか》うとか、周《まわ》りを見《み》るとか、できないんだよね。

ピー！

「よし、ここでゲーム終了《しゅうりょう》」

監督《かんとく》が笛《ふえ》を鳴《な》らし、全員《ぜんいん》にストレッチをさせた。

ひかりは、悔《くや》しそうな顔《かお》で、グラウンドで足《あし》を広《ひろ》げももをのばす。

自分《じぶん》のプレーのなにが悪《わる》かったか、ぜんぜん、わかっていないんだろうな。

すると、そのとなりで同《おな》じく足《あし》を広《ひろ》げていた西野《にしの》がひかりに言《い》った。

「ひかり、さっき助《たす》かったよ。おれ、あわてちゃった。ありがとな」

「西野《にしの》、おまえ、先月《せんげつ》も同《おな》じ失敗《しっぱい》してなかったか」

「そうだっけ？　いやあ、成長《せいちょう》しねえな」

西野《にしの》が頭《あたま》をかくと、ひかりは露骨《ろこつ》にそっぽをむいた。

ひかり、言《い》っておくけど、あんたも、成長《せいちょう》してないところあるからね。

「よし、全員集合《ぜんいんしゅうごう》。今《いま》から大事《だいじ》なことを話《はな》すぞ」

監督《かんとく》の声《こえ》に、全員《ぜんいん》立《た》ちあがり、整列《せいれつ》した。

あたしは、マネージャーとして監督《かんとく》のとなりに立《た》つ。

「今日《きょう》、5年生《ねんせい》だけで試合《しあい》をしたのは、5年生《ねんせい》のキャプテンを決《き》めるからだ。もう夏休《なつやす》みで5年生《ねんせい》だけの練習《れんしゅう》もふえてくるしな」

緊張《きんちょう》が走《はし》った。

あたしの目《め》は、すぐにひかりに行《い》ってしまう。

ひかりってば、一番緊張《いちばんきんちょう》しているよ！

やっぱり、キャプテンやりたくてたまらないんだ。

グラウンドがしんと静《しず》まるなか、監督《かんとく》が声《こえ》をだした。

「ファイターズ。今年《ことし》の5年生《ねんせい》キャプテンは、西野《にしの》にやってもらう」

その瞬間《しゅんかん》、太陽《たいよう》はぎらぎらと輝《かがや》いているのに、ひかりの顔《かお》だけが暗闇《くらやみ》に包《つつ》まれた。

「ええ、西野《にしの》？」

「監督《かんとく》、マジですか？」

「こりゃあ、おれたちがしっかりしねえとな」

周《まわ》りの騒《さわ》ぎとは裏腹《うらはら》に、とうの西野《にしの》はぽかんと口《くち》をあけている。

「ほら、西野《にしの》。キャプテンとしてあいさつしろ」

「は、はい」

西野《にしの》は大《おお》きな体《からだ》をゆらしながら、整列《せいれつ》から抜《ぬ》けでてみんなのまえに立《た》った。

「なんか、そうなっちゃったんで、みんなよろしくな」

新《しん》キャプテンのあいさつにどっと笑《わら》いが起《お》きた。

「しょうがねえな。おれたちが一人前《いちにんまえ》のキャプテンにしてやるよ」

だれかの声《こえ》に、さらに笑《わら》いが大《おお》きくなる。

監督《かんとく》のねらいはわかっている。

みんなをひっぱるキャプテンではなく、みんなにひっぱられるキャプテンを選《えら》びたかったんだ。

ファイターズの5年生《ねんせい》が明《あか》るく盛《も》りあがっているなか、1人《ひとり》だけ、やってられないという顔《かお》をしているやつがいた。

ひかり……ばか。

練習《れんしゅう》のあと、さっさと1人《ひとり》で帰《かえ》る、ひかりの背中《せなか》を見《み》つけ、あたしは声《こえ》をかけようとした。

けど、ひかりは走《はし》りだし、その先《さき》を歩《ある》いている監督《かんとく》をつかまえた。

「監督《かんとく》、なんで、西野《にしの》がキャプテンなんですか？」

ひかりのストレートすぎる質問《しつもん》に監督《かんとく》はおどろき立《た》ち止《ど》まった。

その質問《しつもん》の仕方《しかた》は、すごくひかりらしいんだけど、だから、選《えら》ばれなかったんだよって言《い》ってあげたくもなる。

監督《かんとく》は頭《あたま》をかく。

「まあ、あいつは一見《いっけん》たよりないけど、周《まわ》りのこと考《かんが》えてるからな」

「じゃあ、おれは考《かんが》えてないってことですか？」

真夏《まなつ》の日差《ひざ》しがアスファルトの道《みち》をじりじりと焼《や》きつける。

監督《かんとく》がひかりの肩《かた》に手《て》を置《お》いた。

「ひかり、おまえはすごくがんばってうまくなった。そこは自信《じしん》を持《も》て。ただ、キャプテンができるかっていうと……配慮《はいりょ》っていうのかな。メンバー、それぞれの気持《きも》ちっていうか。ひかりが、人《ひと》の気持《きも》ちがわからない子《こ》だっていってるんじゃないぞ。おまえはやさしいし、かんもいい子《こ》だ。だけど、それがまだプレーにでてないんだよ」

「それは、どうして、でないんですか？」

「どうしてときかれてもな」

監督《かんとく》はその先《さき》の言葉《ことば》を言《い》いよどんでいた。

「ひかり、まあ、あせるな。どうだ、今《いま》からうちの店《みせ》で卵《たまご》サンドでも食《く》うか？　バナナクレープでもいいぞ」

「いりません！」

ひかりは監督《かんとく》をふり払《はら》い、こっちにもどってきて、角《かど》にかくれていたあたしに、気《き》づきながらも通《とお》り過《す》ぎて行《い》った。

「ひかり！　待《ま》って！」

私《わたし》の声《こえ》が聞《き》こえているにもかかわらず、走《はし》り続《つづ》けるので、こっちも追《お》い続《つづ》ける。

「ひかり！　監督《かんとく》が言《い》いたかったこと、あたしがかわりに言《い》ってあげる」

荒《あら》い息《いき》でがんばって大《おお》きな声《こえ》をだすと、ひかりが止《と》まって、ふりむいた。

「まりんには、わかるのかよ」

「よおく、わかる。ひかりの、おれが一番《いちばん》努力《どりょく》しているんだって気持《きも》ちがひかりを小《ちい》さくしてる。西野《にしの》のいいところは一切《いっさい》見《み》ようとしないで、おれよりおそくチームにはいってきて、体格《たいかく》にめぐまれてるからって、おれより努力《どりょく》してないあいつが、なんでキャプテンなんだよって考《かんが》えかたがだめなんだよ」

一気《いっき》にまくしたてると、ひかりの顔色《かおいろ》が変《か》わった。

言《い》っちゃいけないことだったのかもしれない。

でも、あたしが言《い》わなくちゃどうにもならない。

だって、あたしが一番《いちばん》ひかりを見《み》ているから、ひかりをわかっているから。

3年生《ねんせい》のとき、ひかりにマネージャーにさそわれて、迷《まよ》った。

だって、お兄《にい》ちゃんも小学生《しょうがくせい》のころはファイターズのメンバーで、また、大宮《おおみや》の妹《いもうと》って言《い》われるんじゃないかって。

でも、それがいいほうに転《ころ》んだ。

監督《かんとく》も大宮《おおみや》の妹《いもうと》ってことで、かわいがってくれたし、選手《せんしゅ》たちも「大宮選手《おおみやせんしゅ》ってふだん、なに食《く》ってるの？　家《いえ》でも練習《れんしゅう》していたの？」とか、そういう単純《たんじゅん》なことをきかれ、話《はなし》も盛《も》りあがった。

「ひかり、あたしね、女子《じょし》サッカーをちょっとだけかじったのは、ファイターズのマネージャーをやるためだったんじゃないかって思《おも》うときがある。だから、さそってくれたこと、感謝《かんしゃ》している。だからこそ、聞《き》いてほしいんだけど、ひかりは、もう少《すこ》し、なんていうのかな、せっかくうまくなったんだから、ここらで、もう少《すこ》し、大人《おとな》にならないと」

「うるせえ！　おまえは楽《たの》しくマネージャーやってろ！」

ひかりは、また走《はし》りだし、住《す》んでいるマンションの敷地《しきち》にはいっていった。

なによ、あの態度《たいど》！

そういうところが、だめなんだってば！

あたしは、頭《あたま》に来《き》て、ポニーテールをぶんとゆらして歩《ある》きだした。


翌日《よくじつ》から、ひかりは、はなれて住《す》んでいるおばあちゃんが入院《にゅういん》したので、おみまいに行《い》くってことになり、しばらく、この町《まち》をはなれ、練習《れんしゅう》も休《やす》むことになった。

ところが、その間《あいだ》に、ひかりにとんでもない事件《じけん》が起《お》きたんだ。

おばあちゃんが入院《にゅういん》している病院《びょういん》の近《ちか》くで、車《くるま》にぶつかって頭《あたま》を打《う》ったというのだ。

あたしは、監督《かんとく》からその話《はなし》を聞《き》いて、一瞬《いっしゅん》、目《め》のまえが真《ま》っ暗《くら》になった。

ひかりのお母《かあ》さんと仲《なか》のいい、うちのお母《かあ》さんも夕飯《ゆうはん》のときに心配《しんぱい》していた。

その夜《よる》は一睡《いっすい》もできなかった。

監督《かんとく》の説明《せつめい》によると、車《くるま》が急《きゅう》ブレーキをかけ、軽《かる》くはじかれた程度《ていど》だから大《たい》したことないらしいけど、ぶつかるって、頭打《あたまう》つって、ひかり、なにやっているの？

本当《ほんとう》に、大丈夫《だいじょうぶ》なの？

まさか、あたしが、ひかりに言《い》いすぎたことと関係《かんけい》あるとか？

だとしたら、どうすればいいの？

けど、ひかりは、事故《じこ》から1週間《しゅうかん》も経《た》たないうちに、練習《れんしゅう》に参加《さんか》し、あたしの心配《しんぱい》はなんだったの？　というぐらいに元気《げんき》に走《はし》りまわっていた。

しかも、プレーが少《すこ》し変《か》わっていた。

周《まわ》りを見《み》るようになり、人《ひと》にシュートを打《う》たせるとか、あいつはここに走《はし》ってくるはずだとか、少《すこ》しずつだけど、考《かんが》えているのがよくわかる。

西野《にしの》に関《かん》しても、たよりないからこそ、みんなにひっぱられ、そして5年生《ねんせい》がまとまっていくというキャプテンスタイルを認《みと》めだしていた。

「車《くるま》に当《あ》たってよかったか？」

監督《かんとく》は笑《わら》っているけど、あたしには、そんな余裕《よゆう》はなく、なぜひかりが変《か》わったか、そればかり気《き》になってしまう。

ある日《ひ》の練習《れんしゅう》のあと、2人《ふたり》で帰《かえ》るとひかりが言《い》ってきた。

「まりん、ごめんな。キャプテンに選《えら》ばれなかったとき、八《や》つ当《あ》たりみたいな態度《たいど》とっちゃって」

「ううん、あたしこそ、言《い》いかた下手《へた》くそで。それより、ひかり、事故《じこ》にあってから、サッカー、うまくなったよね。どうしちゃったの？」

西日《にしび》に照《て》らされながら、ひかりが答《こた》える。

「だれかに会《あ》ったんだ」

「だれかって、ええ？　だれ？」

「それが思《おも》いだせない。そいつは、おれに似《に》ていて空回《からまわ》りしているところもあるような。でも、そいつのほうが、ずっとすごいことと1人《ひとり》で戦《たたか》っていて……。そいつと話《はな》しているうちに、おれは好《す》きなサッカーで悩《なや》んでいるだけってことに気《き》づいて、いや、気《き》づかされて、監督《かんとく》に言《い》われたこともわかりだして……だめだ、思《おも》いだせない」

ひかりは、思《おも》いだせないことがすごくじれったそうだった。

思《おも》いだしたくてたまらないのに、どうにもならないってふうだ。

オ・モ・イ・ダ・サ・ナ・イ・デ。

とつぜん、あたしは心《こころ》のなかでつぶやいた。

ひかりは思《おも》いだしたいのに、なんで、自分《じぶん》はそう思《おも》ったのか、ぜんぜん、わからない。

せみの鳴《な》き声《ごえ》が、やたらと耳《みみ》に響《ひび》いた。


そして、あっという間《ま》に秋《あき》になり、クリスマスも終《お》わり、年《とし》が明《あ》け、２月《がつ》になってしまった。


「こらこら、大木君《おおきくん》」

授業中《じゅぎょうちゅう》、岬先生《みさきせんせい》が教壇《きょうだん》からひかりを呼《よ》んだ。

ひかりは気《き》がつかず、教科書《きょうかしょ》を開《ひら》いたまま、ふねをこいでいる。

みんな、くすくす笑《わら》うなか、先生《せんせい》がやってきて、ひかりの耳《みみ》をくすぐった。

「うわあ、なんだあ～！」

ひかりは、びっくりして体《からだ》をもぞもぞさせながら、立《た》ちあがった。

教室《きょうしつ》が笑《わら》い声《ごえ》でいっぱいになる。

「大木君《おおきくん》、あとちょっとで6年生《ねんせい》でしょ。しっかりしなさい」

「す、すみません」

ひかりが頭《あたま》をかき、着席《ちゃくせき》した。

この教室《きょうしつ》では、学校《がっこう》では、ひかりは、いつでもこんな感《かん》じだ。

けど、ファイターズでは、ぜんぜんちがう。

5年生《ねんせい》だけど、6年生《ねんせい》に交《ま》じりながら秋《あき》や年末《ねんまつ》のトーナメント戦《せん》に出場《しゅつじょう》し、選手《せんしゅ》として確実《かくじつ》に成長《せいちょう》していった。

身長《しんちょう》は、あたしよりかすかに高《たか》くなり、おれはだれよりもがんばっているんだっていう気負《きお》いもすっかり消《き》え、今《いま》では、チームメイトのだれからもたよられるようになっていた。

ひかりが選手《せんしゅ》として成長《せいちょう》したのは、たぶん、夏休《なつやす》みに出会《であ》った思《おも》いだせない女《おんな》の子《こ》のおかげだ。

はっとした。

今《いま》、どうして、女《おんな》の子《こ》って思《おも》ったの？

そんなのだれにもわからないじゃん。

みんなに笑《わら》われているひかりは、はずかしそうに、パーカーのフードをかぶった。

ひょっとしたら、ひかりは3年生《ねんせい》のときに、2人《ふたり》で、空《あ》き地《ち》で練習《れんしゅう》したことなんかもう忘《わす》れているかもしれない。

あたしなんかいなくても……。

授業《じゅぎょう》が終《お》わり、休《やす》み時間《じかん》になると、女子《じょし》トイレで女《おんな》の子《こ》4名《めい》がひそひそと、けど、テンション高《たか》く騒《さわ》いでいた。

「なに話《はな》しているの？」

質問《しつもん》した瞬間《しゅんかん》、4人全員《にんぜんいん》、あたしの顔《かお》を見《み》た。

「まりん、あんたはどうなの？」

「はっ？」

「はっ？　じゃないでしょ？　大木《おおき》にあげないの？」

ツインテールを指《ゆび》でいじりながら、莉緒《りお》が顔《かお》を近《ちか》づけてくる。

「なにをあいつにあげるの？」

「チョコだよ。バレンタインはもうすぐだよ！」

そういえば、そろそろ14日《か》だっけ。それで、みんな興奮《こうふん》していたんだ。

サッカーのマネージャー業《ぎょう》に夢中《むちゅう》で、そういう女子《じょし》らしい情報《じょうほう》から、すっかり遠《とお》のいていたよ。

「え？　でも、なんで、あたしが、ひかりに？」

「とぼけないでいいから。３年生《ねんせい》のころ、空《あ》き地《ち》で２人《ふたり》ですごし、そのあとマネージャーになり、どんなバカでもわかってるって」

莉緒《りお》の言葉《ことば》に、ほかの子《こ》が、うんうんと、うなずく。

「ちょ、ちょ、なんか、かんちがいしていない？」

すると、チャイムがなり、みんな、走《はし》って教室《きょうしつ》にもどっていった。

あたしも走《はし》りだし、席《せき》につく。

ひょっとして、みんな、あたしとひかりのこと、誤解《ごかい》してる？　冗談《じょうだん》やめて！

けど、バレンタインか、マネージャーとしてなにか考《かんが》えようかな。

座《すわ》っているひかりのうしろ姿《すがた》、パーカーのフードが目《め》にはいった。

そして、みんなおまちかねの2月《がつ》14日《か》になった。

朝《あさ》から女《おんな》の子《こ》たちはそわそわしていて、男子《だんし》も「おまえ、もらうんじゃねえ？」とかだれかをからかいながらも、どこかで自分《じぶん》もほしそうな顔《かお》をしている。

あたしは、ファイターズのメンバーに、チョコを用意《ようい》した。

手《て》のひらサイズの小《ちい》さい正方形《せいほうけい》のチョコだけど、百円《ひゃくえん》ショップでリボンを買《か》い、心《こころ》をこめて一《ひと》つずつ、ていねいにむすんだ。

チョコのお金《かね》は、OB《オービー》でもあるお兄《にい》ちゃんにカンパしてもらっちゃった。

同《おな》じ学校《がっこう》に通《かよ》っているメンバーには、各休《かくやす》み時間《じかん》をつかって、順々《じゅんじゅん》に配《くば》っていく。

みんな、照《て》れながらも、すごくよろこんでくれて、昼休《ひるやす》みに、あとは、ひかりだけだと、自分《じぶん》の教室《きょうしつ》にもどった。

ひかりは机《つくえ》の上《うえ》に座《すわ》り、男子数人《だんしすうにん》とわいわい騒《さわ》いでいた。

ひかり～と呼《よ》ぼうとしたそのとき。

急《きゅう》に声《こえ》がでなくなった。

だすのをやめたのではなく、本当《ほんとう》にでなかった。

そして、チャイムがなり、昼休《ひるやす》みは終《お》わり、そうじがはじまってしまった。

教室《きょうしつ》をほうきではきながら、窓《まど》をふくひかりのうしろ姿《すがた》、パーカーのフードを見《み》つめる。

なんで、声《こえ》がでなかったんだろう。ぜんぜん、わからない。

とまどいながら、ポケットのなかのチョコにそっとふれた。

そうじが終《お》わったあとも、5時間目《じかんめ》のあとの休《やす》み時間《じかん》も、なぜかわたせないままだった。

「ひかり、あげる」って言《い》えばいいだけなのに、わたせば「おお、ありがとう」って受《う》け取《と》ってくれるのがわかっているのに、なんで、どうして……。

6時間目《じかんめ》の授業中《じゅぎょうちゅう》、自分《じぶん》の気持《きも》ちがわからないまま、ひかりのうしろ姿《すがた》を、パーカーを見《み》ていたら、今《いま》までのことがゆっくりと頭《あたま》に浮《う》かんできた。

3年生《ねんせい》の夏休《なつやす》みに、女子《じょし》サッカーに嫌気《いやけ》がさして、空《あ》き地《ち》で会《あ》って、2人《ふたり》で練習《れんしゅう》したこと。気《き》がついたらマネージャーになっていたこと。そして、毎日《まいにち》がハイスピードで楽《たの》しくなっていって、ファイターズを応援《おうえん》することが、自分《じぶん》のなかでどんどん大《おお》きくなっていったことも。

でも、どうして、毎日《まいにち》がこんなに楽《たの》しくなったんだろう？

それは、ひかりがいたから？

ファイターズと同《おな》じぐらいに、それ以上《いじょう》に、ひかりを応援《おうえん》したかった？

あたしは、ひかりのことが好《す》き……。

「大宮《おおみや》さん、どうかした？」

岬先生《みさきせんせい》がそっとあたしのとなりに立《た》ち、肩《かた》に手《て》を置《お》いてくれた。

まさか！

おそるおそる自分《じぶん》のほほを指《ゆび》でなぞると、ぬれていた。

「目《め》、目《め》が痛《いた》いんで、洗《あら》ってきます」

あたしは、立《た》ちあがり、うつむきながら教室《きょうしつ》を飛《と》びだした。

トイレにはいり、鏡《かがみ》に自分《じぶん》の顔《かお》をうつす。

瞬間《しゅんかん》、はずかしくて、たえられなくなり、自分《じぶん》の本当《ほんとう》の気持《きも》ちなんて、気《き》づかなかったことにしてしまえと、水道《すいどう》でじゃぶじゃぶと顔《かお》を洗《あら》った。

何事《なにごと》もなかったかのように教室《きょうしつ》にもどり、席《せき》につくと、ひかりがちらりとふりむいた。

あたしは、そそくさと視線《しせん》をはずし、教科書《きょうかしょ》を開《ひら》く。

授業《じゅぎょう》が終《お》わると、そのまま帰《かえ》りのホームルームになってしまい、ポケットにはいったままのチョコに、もう一度《いちど》、ふれた。

ひかりにだけあげないのは、おかしいし。

ホームルームは終《お》わり、みんなといっしょに昇降口《しょうこうぐち》にむかった。

ひかりは下駄箱《げたばこ》のまえで、座《すわ》りながら、靴《くつ》のひもをむすぶ。

ダウンジャケットから、パーカーのフードが飛《と》びだしていた。

あたしは、何気《なにげ》なく、そばに行《い》き、ポケットからリボンのついたチョコをとりだし、パーカーのフードにそっといれる。

ひかりはまったく気《き》づかず、そのまま立《た》ちあがり、帰《かえ》ってしまった。

昇降口《しょうこうぐち》に差《さ》し込《こ》んでくる冬《ふゆ》の日差《ひざ》しがまぶしかった。

数日後《すうじつご》のファイターズの練習《れんしゅう》のあと、自分《じぶん》の学校《がっこう》以外《いがい》のメンバーにもチョコをわたすと、みんな、はしゃいでくれた。

けど、ひかりは、チョコの話題《わだい》にまったくふれないで、帰《かえ》りじたくをしている。

ひょっとしたら、気《き》づかないうちにフードから落《お》ちてしまったのかもしれない。

それなら、それが運命《うんめい》のように思《おも》えた。

きっと、神様《かみさま》がまりりん、おまえはマネージャーなんだぞ、って戒《いまし》めてくれたんだ。


そして、3月《がつ》になり、ファイターズでは恒例《こうれい》の「6年生《ねんせい》さよなら会《かい》」が開《ひら》かれた。

場所《ばしょ》は、もちろん、監督《かんとく》の店《みせ》。

クレープとサンドイッチの専門店《せんもんてん》で、がんばれば30人《にん》ぐらいははいれるので、なにかというと、ファイターズはここに集《あつ》まってしまう。

あたしは、奥《おく》さんの手伝《てつだ》いをしようとしたんだけど、「いっしょに楽《たの》しんでいなさい」

とキッチンからやさしく追《お》いだされてしまった。

ひかりのとなりの席《せき》が空《あ》いていたけど、あたしは西野《にしの》のとなりに座《すわ》らせてもらった。

会《かい》が終《お》わりに近《ちか》づくと、6年生《ねんせい》のキャプテンが立《た》ちあがった。

「ええ、では、このあたりで、ファイターズのキャプテン腕章《わんしょう》を次《つぎ》のキャプテンに授与《じゅよ》したいと思《おも》います」

みんな、急《きゅう》に背筋《せすじ》がのびる。

5年生《ねんせい》チームのキャプテンは西野《にしの》だけど、総合《そうごう》キャプテンにそのままなるかどうかは、わからない。

あたしは、ちらりとひかりを見《み》た。

意外《いがい》なことに、すごく落《お》ちついていた。

もう、そこにはこだわっていない、だれがキャプテンだろうと、おれはおれで、ファイターズの選手《せんしゅ》だっていう顔《かお》だ。

夏休《なつやす》み最初《さいしょ》の練習《れんしゅう》で、監督《かんとく》が5年生《ねんせい》のキャプテンを指名《しめい》する直前《ちょくぜん》の表情《ひょうじょう》とはえらいちがいだよ。

「大木《おおき》ひかり君《くん》にこの腕章《わんしょう》をわたします」

お店中《みせじゅう》に拍手《はくしゅ》が響《ひび》きわたると、ひかりは口《くち》をあんぐりとあけながら、立《た》ちあがった。

そして、うでに腕章《わんしょう》を巻《ま》かれる。

「たのむよ、ひかり。おれには総合《そうごう》キャプテンは無理《むり》だわ」

西野《にしの》が言《い》うと、みんながどっと笑《わら》い、監督《かんとく》も満足《まんぞく》そうだった。

「ほら、大木《おおき》、あいさつしろ」

監督《かんとく》にうながされ、ひかりは、「ええと」と頭《あたま》をかく。

もう、あれだけやりたがっていたキャプテンじゃない、しっかりしなさい！

けど、ひかりは、覚悟《かくご》を決《き》め、ぴしっと姿勢《しせい》を正《ただ》し、口《くち》を開《ひら》いた。

「ファイターズが今以上《いまいじょう》のチームになるように、選手《せんしゅ》としてもキャプテンとしてもがんばります。あ、そうだ！」

ひかりはいきなり、席《せき》をはずし、店《みせ》のすみにある紙袋《かみぶくろ》のなかに手《て》をいれた。

「キャプテンなにやってんだよ」

みんなが笑《わら》う。

もう、ひかり！　大事《だいじ》なときなんだから、わかってる?!

ひかりは紙袋《かみぶくろ》のなかからリボンのついた長方形《ちょうほうけい》の箱《はこ》をとりだし、またもどってきた。

「ええ、キャプテンとしての話《はなし》を続《つづ》けます。ファイターズが今《いま》までやってこられたのも、これから大《おお》きくなるのにも、マネージャーの力《ちから》は大《おお》きいです。大宮《おおみや》まりんさん、いつもありがとうございます！　そしてこれからもよろしくお願《ねが》いします！」

ひかりは、両手《りょうて》で抱《だ》きかかえながら、りっぱな箱《はこ》をあたしに差《さ》しだしてくれた。

え……、あまりにもとつぜんの出来事《できごと》で、意外《いがい》すぎる展開《てんかい》で、どう受《う》け止《と》めていいかわからないんだけど。

「ひかり、ここでわたすのかよ」

「あ、でも、いいんじゃやねえ」

いろんな声《こえ》が聞《き》こえ、選手全員《せんしゅぜんいん》が立《た》ちあがり、声《こえ》をそろえた。

「マネージャー、チョコレートごちそうさまでした」

あたしは、あっけにとられながら、はっと気《き》づいた。

本日《ほんじつ》、３月《がつ》14日《か》。ホワイトデー。

「あ、ありがとう。あの、あけていい？」

「あけてくれよ。おれたちもひかりがなにを買《か》ったのか、見《み》てえ」

６年生《ねんせい》の選手《せんしゅ》が笑《わら》う。

あちらこちらから聞《き》こえる声《こえ》をまとめると、どうやら、みんなで、カンパしあって、ひかりが代表《だいひょう》で買《か》ってきたらしい。

ひかりにわたしたチョコはどうなったんだろう。

なにも言《い》われないまま、まさか、お返《かえ》しがくるとは……。

ひかりがあたしに選《えら》んでくれたものってなに？

高鳴《たかな》る心臓《しんぞう》をおさえながら、包装紙《ほうそうし》をとり、箱《はこ》をあけると、そこにはプラスチックでできたロボットがいた。

頭《あたま》がふたになっていて、胴体《どうたい》に、たくさんキャンディーが詰《つ》められている。

「ひかり〜！　1年生《ねんせい》の男子《だんし》にあげるんじゃねえんだよ〜」

みんな、がっくりと落胆《らくたん》していた。

「ええ！　ホワイトデーってキャンディーなんだろ？　母《かあ》さんが言《い》ってたぞ」

ひかりが反論《はんろん》すると、「お母《かあ》さんにきくなよ」「まりんが女子《じょし》だってしらねえんじゃねえか」と、ますますみんなから不満《ふまん》の声《こえ》があがっていく。

けど、あたしは不満《ふまん》どころか、胸《むね》がいっぱいで苦《くる》しいぐらいだよ。

「みんな、ひかり、ありがとう。あたし、なかは食《た》べちゃうけど、ロボットは一生《いっしょう》とっておく」

ロボットを抱《だ》きしめると、しんとなった。

「大宮《おおみや》がそう言《い》うならいいか」

6年生《ねんせい》の元《もと》キャプテンが言《い》い、ことはおさまった。

あたしは、ぎゅっとロボットを抱《だ》きしめながら、下《した》をむく。

思《おも》わず、バレンタインの日《ひ》の6時間目《じかんめ》みたいになってしまいそうだったから。

そのとき、5年生《ねんせい》の選手《せんしゅ》2人《ふたり》が残《のこ》りのクレープを食《た》べながら言《い》った。

「ファイターズだけじゃなくて、ひかりが今《いま》までやってこられたのは大宮《おおみや》のおかげだろ」

「だから、プレゼント係《がかり》にしたのに。ロボットかよ。ま、あいつは、そんなもんだよな」

周《まわ》りは笑《わら》っていたが、ひかりだけは、急《きゅう》に真剣《しんけん》な顔《かお》になってつぶやきだす。

「そんなもんだよな……そんなもんだよ……あれ？　そんなもんだよ……ね？」

楽《たの》し気《げ》な声《こえ》が店内《てんない》に響《ひび》くなか、ひかりだけはその言葉《ことば》にこだわっていた。

なんだろう、なにを意味《いみ》しているんだろう、ううん、思《おも》いだそうとしているんだろう？

あたしのあたたかかった心《こころ》に、ひとかけらの氷《こおり》が溶《と》けだした。


さよなら会《かい》が終《お》わると、方向《ほうこう》が同《おな》じなのであたしとひかりはいっしょに帰《かえ》った。

「3月《がつ》ってまだ寒《さむ》いね」

「そうだな。まりん、ごめん」

「え？」

「いや、ロボットじゃだめだったんだろ」

「気《き》にしすぎだよ。すごくうれしかったよ」

「そっか。ならいいけど。あれ、みんなのお金《かね》だから。おれ、失敗《しっぱい》したのかなって」

頭《あたま》をかいているひかりが、とてもいとおしく感《かん》じられた。

「ねえ、いつ、チョコに気《き》づいた？」

「家《いえ》に帰《かえ》ったらここにあったよ」

ひかりは、きているパーカーのフードを指《ゆび》さした。

「なにも言《い》ってこないから、落《お》ちたのかと思《おも》っていた」

「食《く》ったよ。おいしかった。でも、だまっていられておどろいたから、おれもだまって
おかえししておどろかそうかなって」

ひかりは、ひひひと無邪気《むじゃき》に笑《わら》った。

あたしがだまってフードにいれた意味《いみ》、わかっていないんだね。

でも、ずっとわからないでいて。

けど、本当《ほんとう》は、わかってほしいのかもしれない。

そのとき、遠《とお》くから聞《き》こえてきた。

ヒュー、パパン。

「いまの、花火《はなび》の音《おと》？　冬《ふゆ》でも、スタジアムから、たまに聞《き》こえるよね」

ひかりが急《きゅう》に立《た》ち止《ど》まり、つぶやいた。

「花火《はなび》……そんなもんだよね……」

「なに、それ？」

あたしはひかりの言《い》ったことがわからなくて笑《わら》っちゃったけど、すぐに表情《ひょうじょう》がこわばってしまった。

花火《はなび》って夏《なつ》……だよね。

まさか、ひかりが夏《なつ》に会《あ》った女《おんな》の子《こ》と関係《かんけい》あることなんじゃ……？

あたしにはわかってる。

ひかりが選手《せんしゅ》として成長《せいちょう》したのは、その子《こ》がいるから。

ひかりが今《いま》までやってこられたのはあたしのおかげなんて言《い》っていた子《こ》がいるけれど、大《おお》きなかんちがいだ。

ひかりが、もし、その子《こ》を思《おも》いだしたら、あたしなんて、あたしの居場所《いばしょ》なんて、もうどこにもなくなってしまう。

「ひかり、寒《さむ》いから早《はや》く帰《かえ》ろうよ」

「あ、う、うん」

空《そら》はすっかり暗《くら》くなり、星《ほし》が見《み》えはじめた。

オ・モ・イ・ダ・サ・ナ・イ・デ。

となりのひかりと、お星《ほし》さまに静《しず》かに祈《いの》りながら歩《ある》く。

けど、その祈《いの》りは届《とど》くことなく、２か月後《げつご》のＧＷ《ゴールデンウイーク》に、あたしの目《め》のまえで、ひかりとその子《こ》は奇跡《きせき》の再会《さいかい》を果《は》たしてしまった。


（おわり）

渚《なぎさ》くんをお兄《にい》ちゃんとは呼《よ》ばない
ドキドキ★初詣《はつもうで》
渚くん《クラスメート》といっしょに住《す》む千歌《ちか》。
2人《ふたり》で初詣《はつもうで》にいくことに…!?
夜野《よるの》せせり・作《さく》
森乃《もりの》なっぱ・絵《え》

渚《なぎさ》くんをお兄《にい》ちゃんとは呼《よ》ばないとは…

鳴沢《なるさわ》千歌《ちか》、小学《しょうがく》5年生《ねんせい》。
地味女子《じみじょし》だったのに、パパの再婚《さいこん》で
学校《がっこう》1のモテ男子《だんし》・渚《なぎさ》くんときょうだいに。
しかも渚《なぎさ》くんを好《す》きになってしまい……？

登場人物《とうじょうじんぶつ》

高坂《こうさか》 渚《なぎさ》

サッカー好《ず》きの
きらきら少年《しょうねん》。
学校《がっこう》1モテる。
まがったことがキライで、
まっすぐな性格《せいかく》。

鳴沢《なるさわ》千歌《ちか》

まんが好《ず》きの
地味女子《じみじょし》。渚《なぎさ》くんと
住《す》んでいることは、
学校《がっこう》の友達《ともだち》には
ひみつにしている。

藤宮《ふじみや》せりな

クラスの女王様的存在《じょおうさまてきそんざい》。
渚《なぎさ》くんのことが好《す》きで、
アタックしている。

「あー、ヒマ」

渚《なぎさ》くんがつぶやいた。

「観《み》るもんねーよな、正月《しょうがつ》って」

渚《なぎさ》くんは、テレビのチャンネルをあちこち変《か》えまくって、あげくにスイッチを切《き》ってしまった。

今日《きょう》は1月1日《がつついたち》。新《あたら》しい1年《ねん》のはじまりの日《ひ》だ。

新《あたら》しい家族《かぞく》で迎《むか》える、はじめてのお正月《しょうがつ》なのに。

あたしたちは、こたつにはいっておせちをつまんだり、みかんを食《た》べたり、ひたすら、ぐだぐだすごしている。

クラスのモテ男子《だんし》・高坂渚《こうさかなぎさ》くんと、底辺地味女子《ていへんじみじょし》のあたしは、クラスが同《おな》じということ以外《いがい》に、まったく接点《せってん》がなかった。

だけど、渚《なぎさ》くんのママのみちるさんと、あたしのパパが再婚《さいこん》して、きょうだいになってしまったんだ。

こたつの中《なか》で、足《あし》がぶつかる。どきんと心臓《しんぞう》がはねて、あたしはとっさに足《あし》をひっこめた。

「おい、千歌《ちか》。蹴《け》るなよ。大事《だいじ》な大事《だいじ》な、俺《おれ》の黄金《おうごん》の右足《みぎあし》を」

じろりと、渚《なぎさ》くんがあたしをにらむ。

「け、蹴《け》ってませんっ！　ていうか、自分《じぶん》が蹴《け》ったんじゃん」

「俺《おれ》の足《あし》が長《なが》すぎるせいで当《あ》たっちゃったのかー。ごめんごめーん」

渚《なぎさ》くんがからから笑《わら》う。イヤミな言《い》いかた。あたしは、ぶーっとむくれた。

だけど、本当《ほんとう》に、渚《なぎさ》くんは足《あし》が長《なが》いと思《おも》う。

黄金《おうごん》の右足《みぎあし》、っていうのも。渚《なぎさ》くんは地元《じもと》の小学生《しょうがくせい》サッカークラブで活躍《かつやく》してるから、まあ、事実《じじつ》だし……。

渚《なぎさ》くんを、こっそり見《み》つめた。頭《あたま》のうしろのほうの髪《かみ》が、ぴょこっとはねてる。

こんなふうに、気《き》の抜《ぬ》けた寝《ね》ぐせ姿《すがた》を見《み》られるのも、ふたりでこたつにはいって、くだらない言《い》いあいができるのも。

いっしょに暮《く》らしてるから。家族《かぞく》に、なったから。なんだよなあ……。

こつん。また、足《あし》がぶつかった。

「千歌《ちか》、おまえ、わざとだろ？」

「ち、ちがうってばっ」

「そんなに真《ま》っ赤《か》になって否定《ひてい》しなくてもいーじゃん」

「こ、こたつが熱《あつ》いだけだよっ」

ほんとは、こたつのせいじゃない。どきどきしてるの、渚《なぎさ》くんに、ばれてませんように。

と、ドアの開《ひら》く音《おと》がした。

「ただいまあ」

みちるさんとパパが病院《びょういん》からもどってきた。ゆうべ、パパがいきなり高熱《こうねつ》をだしたから、年末年始《ねんまつねんし》にもあいている当番医《とうばんい》のところに行《い》っていたのだ。

ちなみに、渚《なぎさ》くんのお兄《にい》ちゃんの悠斗《ゆうと》くんは、中学校《ちゅうがっこう》の友《とも》だちにさそわれて、でかけている。

「パパ、インフルエンザだって。かわいそうに。正月休《しょうがつやす》みは、ひきこもり決定《けってい》だね」

みちるさんはため息《いき》をつくと、ふらふらなパパを支《ささ》えながら、２階《かい》へあがっていった。

あたしと渚《なぎさ》くんは、顔《かお》を見《み》あわせた。

今日《きょう》は、本当《ほんとう》は、家族《かぞく》で初詣《はつもうで》に行《い》く予定《よてい》だった。だけど、これじゃ、とてもじゃないけどでかけられない。

「俺《おれ》たちだけで行《い》く？　初詣《はつもうで》」

渚《なぎさ》くんが、ぼそっとつぶやいた。

「え？」

「だって明日《あした》も明後日《あさって》もみんなで行《い》けないみたいだし。兄《にい》ちゃんは友《とも》だちと行《い》ったしさ」

あたしは、ぱちりと目《め》をしばたたいた。それって、つまり。

ふたりで？　ふたりででかけるってことだよね？

渚《なぎさ》くんは、こたつからでて立《た》ち上《あ》がった。

「いやなら、俺《おれ》ひとりで行《い》くけど？」

「行《い》きます行《い》きます行《い》きます！」

あたしもあわててこたつをでる。

ふたりで初詣《はつもうで》だなんて。

まるで、まるで、デートみたいじゃないですか！

「したくしてくるねっ！」

急《いそ》いで、階段《かいだん》を駆《か》けのぼって自分《じぶん》の部屋《へや》へ。

なに着《き》て行《い》こう！

そうだ、クリスマスにみちるさんにもらった、花柄《はながら》のワンピースがあった。

たんすからひっぱりだして、からだにあててみる。

うーん、あたしにはかわいすぎるデザインだなあ。でも、お正月《しょうがつ》だし。これぐらいガーリィなもの、たまには着《き》たっていいのかも。

それにしても、ふたりでおでかけなんて、夢《ゆめ》みたい。

ワンピースを抱《だ》きしめて、うっとり。……しかけたところで、はっとわれにかえった。

元日《がんじつ》の神社《じんじゃ》だよ？　もう午後《ごご》だし、いっぱい人《ひと》、いるんじゃない？　もしかしたら、クラスのだれかに、会《あ》ったりするかもしれなくない？

やばい！　おしゃれなんてしてる場合《ばあい》じゃない！

「お待《ま》たせー……」

のっそりと階段《かいだん》をおりてきたあたしを見《み》るやいなや、渚《なぎさ》くんはぎょっとのけぞった。

「なんだ、その恰好《かっこう》……」

「どう？　カンペキな変装《へんそう》でしょ？」

あたしは胸《むね》をはった。

目深《まぶか》にかぶった黒《くろ》のニット帽《ぼう》、百均《ひゃっきん》のサングラスに大《おお》きなマスク。服《ふく》も、紺色《こんいろ》のコートに黒《くろ》のズボン。

もともと地味《じみ》なあたしのワードローブ

の中《なか》でも、ダントツに地味《じみ》なものを選《えら》んだ。

これなら、完全《かんぜん》に気配《けはい》を消《け》せる。

だれに見《み》つかっても、あたしが鳴沢千歌《なるさわちか》だってバレない。

あたしと渚《なぎさ》くんが家族《かぞく》になっていっしょに暮《く》らしてること、学校《がっこう》のみんなには内緒《ないしょ》にしている。

なぜかというと、渚《なぎさ》くんのことを狙《ねら》っている、クラスの女王《じょおう》・藤宮《ふじみや》せりなを、敵《てき》にまわしたくないから。

2学期《がっき》は、あやしまれて、ひどい目《め》にあった。もう二度《にど》とあんな思《おも》いはしたくない。

「芸能人《げいのうじん》のプライベートかよ……。あやしすぎる。逆《ぎゃく》に目立《めだ》つんじゃね？」

「そうかなあ？　でも、顔《かお》はわかんないでしょ」

「そんなに警戒《けいかい》しなくてもいいと思《おも》うんだけど」

渚《なぎさ》くんは首《くび》をかしげた。

渚《なぎさ》くんは、ダウンジャケットを羽織《はお》って、青《あお》いマフラーを巻《ま》いて、身《み》じたくばっちり。

寝《ね》ぐせだって、直《なお》ってる。

キッチンでかたづけをしているみちるさんに、「行《い》ってきます」と告《つ》げて、玄関《げんかん》へ。

あのワンピースを着《き》るのは、また次《つぎ》の機会《きかい》にとっておこう。クラスのだれもこないような、遠《とお》くにでかけるときとか……。

そんな機会《きかい》があれば、だけど。


あたしと渚《なぎさ》くんは、バスに乗《の》って、市内《しない》で一番大《いちばんおお》きな神社《じんじゃ》にむかった。

バスはめちゃくちゃ混《こ》んでいる。やっぱりみんな、初詣《はつもうで》にでかけるのかな。

縁結《えんむす》びのご利益《りやく》があるって、有名《ゆうめい》な神社《じんじゃ》なんだ。ふたりで撫《な》でると、永遠《えいえん》の愛《あい》でむすばれるっていう、ありがたーい石《いし》もあるらしい。

縁結《えんむす》び、かあ……。あたしはため息《いき》をついた。

あたしは渚《なぎさ》くんにこっそり片思《かたおも》いしている。

だけど、あたしたちは家族《かぞく》だし。きょうだいだし。それ以前《いぜん》に、あたしはかわいくもない、地味《じみ》な女《おんな》の子《こ》で、釣《つ》りあわないし。

気持《きも》ちを受《う》けいれてもらえる自信《じしん》なんて、ない。

神様《かみさま》にでもなんにでも、すがりたい気分《きぶん》だよ。

縁結《えんむす》びの石《いし》に、渚《なぎさ》くんとふたりでさわることができたらなあ。

もの思《おも》いにふけっていると、目的《もくてき》の停留所《ていりゅうじょ》にバスが止《と》まった。あたしたちはたくさんの人《ひと》といっしょに、吐《は》きだされるようにしてバスからおりた。

道路《どうろ》は参拝《さんぱい》にむかう人《ひと》でいっぱい。おし流《なが》されるように、神社《じんじゃ》にむかう。

大《おお》きな大《おお》きな、石《いし》の鳥居《とりい》をくぐる。

長《なが》い参道《さんどう》の両《りょう》わきにずらりとならんだ出店《でみせ》から、たこ焼《や》きや、焼《や》きそばのいいにおい。

クレープも、りんごあめの出店《でみせ》もある。まるで冬《ふゆ》のおまつり。うきうきしちゃう。

うっかり気《き》をとられていると、人《ひと》にぶつかりそうになってしまった。

「なにやってんだよ、千歌《ちか》」

渚《なぎさ》くんはあきれ声《ごえ》だ。あたしは、ぶうたれて言《い》いかえす。

「渚《なぎさ》くんが速《はや》すぎるんだよ」

「おまえがトロいんだって。正月早々《しょうがつそうそう》、迷子《まいご》になっても知《し》らねーからな？」

「迷子《まいご》になんてなりませんっ！」

ムキになったあたしを見《み》て、渚《なぎさ》くんはにやにや笑《わら》ってる。

いじわる！　あたしは、ぷいっと、そっぽをむいた。

渚《なぎさ》くんは、いつも、エラそうな態度《たいど》をとったり、ふざけてからかってきたりするから、あたしも素直《すなお》になれなくて、くだらない口《くち》げんかばっかりしてる。

「それにしても、混《こ》んでるな」

渚《なぎさ》くんが言《い》った。あたしはうなずく。

人《ひと》でいっぱいで、なかなか拝殿《はいでん》のまえにたどりつけない。

それでも、じわりじわりと人《ひと》が流《なが》れて、もうすぐあたしたちの番《ばん》がきそうだ。

「神様《かみさま》のまえでは、サングラスとったほうがいいんじゃねーの？」

そう言《い》われて、あわててはずした。たしかに、神様《かみさま》に対《たい》して失礼《しつれい》な気《き》がする。

ようやく、あたしたちの順番《じゅんばん》がきた。

ふたりならんで、お賽銭《さいせん》を投《な》げいれる。

礼《れい》をして、ぱんぱんと、柏手《かしわで》をうつ。巫女《みこ》さんがしゃんしゃんしゃんと鈴《すず》を鳴《な》らしてくれる。

そっと、目《め》を閉《と》じた。

神様《かみさま》、今年《ことし》も、よろしくお願《ねが》いします。

まんがが、もっとうまく描《か》けるようになりますように。

渚《なぎさ》くんが、サッカーの試合《しあい》で勝《か》てますように。

家族《かぞく》とも友《とも》だちとも、仲《なか》よく平和《へいわ》にすごせますように。

そして。渚《なぎさ》くんと、両想《りょうおも》いになれますように！

両想《りょうおも》い。あこがれの、両想《りょうおも》い。

むくむくと、妄想《もうそう》が広《ひろ》がる。

だれもいない海《うみ》。やさしい波《なみ》の音《おと》。水平線《すいへいせん》のむこうにしずむ夕陽《ゆうひ》。渚《なぎさ》くんがそっとあたしの肩《かた》を抱《だ》き寄《よ》せて……。って、きゃーっ！　ダメダメ！

「おい。おい、千歌《ちか》。長《なが》いって」

うでをつんつんとこづかれて、はっと目《め》をあけた。

「たった五円《えん》の賽銭《さいせん》で、どんだけ願《ねが》いごとしてんだよ。ずうずうしいヤツだなあ」

かあっと顔《かお》が熱《あつ》くなる。あたし今《いま》、すごくはずかしいこと考《かんが》えてた！　神様《かみさま》のまえなのに！

しかも、うしろにも参拝客《さんぱいきゃく》がたくさん順番待《じゅんばんま》ちしてるのに、長々《ながなが》と時間《じかん》をとってしまった。

しゅんとしていたら、渚《なぎさ》くんがにかっと笑《わら》った。

「あっち行《い》っておみくじひこうぜ」

そう言《い》って、あたしのうでをひく。

とたんに、胸《むね》がどきんと鳴《な》る。

「渚《なぎさ》くんは、なにか、お願《ねが》いごと、したの？」

どきどきをごまかしたくて、そんなことを聞《き》いてみる。

渚《なぎさ》くんは首《くび》を横《よこ》にふった。

「シンプルに、今年《ことし》もよろしくお願《ねが》いします、だけだよ。だってさ、こんなにたくさんの人《ひと》の願《ねが》いごと聞《き》いてたら、神様《かみさま》だって大変《たいへん》じゃん」

「…………」

あれもこれもと欲《よく》ばったあげく、はずかしい妄想《もうそう》までしたあたしって、いったい。

「おまえは、まんがのことだろ？　将来《しょうらい》、まんが家《か》になれますようにとか？」

「う、うん」

それだけじゃ、ないけどね。

だけど、うれしい。あたしのことを、わかってくれている気《き》がして。

家族《かぞく》になった最初《さいしょ》のころは、渚《なぎさ》くんのこと、正直《しょうじき》、むかついてた。だけど。

渚《なぎさ》くんが、亡《な》くなった本当《ほんとう》のお父《とう》さんへの思《おも》いを胸《むね》に、サッカーをがんばっていることを知《し》った。

渚《なぎさ》くんも、あたしがこっそり描《か》いているまんがのこと、一生懸命応援《いっしょうけんめいおうえん》してくれた。あきらめそうになった時《とき》も、はげましてくれた。

そして……。気《き》づいたら、好《す》きになってしまっていた。

あたしだけが知《し》ってる、渚《なぎさ》くんのやさしさ。

ふたりで、おみくじをひく。

「やった！　俺《おれ》、大吉《だいきち》！」

おみくじを広《ひろ》げて、はしゃいでる笑顔《えがお》が、まぶしい。

あたしも、おみくじを広《ひろ》げる。

「…………ん？」

いきなり、見慣《みな》れない一文字《ひともじ》が目《め》に飛《と》びこんできた。こ、これは……。

思《おも》わず、ガン見《み》してしまう。凶《きょう》、だよね。どう見《み》ても。

あたしのおみくじをのぞきこんだ渚《なぎさ》くんが、「うわっ」と、声《こえ》をもらした。

「俺《おれ》、凶《きょう》って、はじめて見《み》た。ほんとにあるんだな……」

「…………」

おみくじを持《も》つ手《て》が、ぷるぷるとふるえる。

あたしも、はじめて見《み》ましたとも。

「すげーじゃん、千歌《ちか》。凶《きょう》なんてレアだぞ絶対《ぜったい》。そんなのひくとか、逆《ぎゃく》にラッキーなんじゃね？」

からから笑《わら》いながら、渚《なぎさ》くんが、あたしの背中《せなか》をたたいた。

「な、なに笑《わら》ってんのっ！　逆《ぎゃく》にラッキーってなに？　ラッキーなわけなくない？　凶《きょう》だよっ？」

「ちょ、なに涙目《なみだめ》になってんだよ。占《うらな》いなんかでさあ」

渚《なぎさ》くんはおなかをかかえて笑《わら》いだした。ひどい！

自分《じぶん》だって、その「占《うらな》いなんか」で喜《よろこ》んでたくせに！

前言撤回《ぜんげんてっかい》。渚《なぎさ》くんはちっともやさしくなんてありません。デリカシーのかけらもありません！

「まあまあ。今《いま》が最悪《さいあく》なんだったら、あとは上《あ》がってくだけじゃん。さっさとむすんでしまおうぜ」

渚《なぎさ》くんが、あたしの「凶《きょう》」のおみくじをすっと取《と》りあげて、おみくじ掛《か》けにむすびつける。

と、その時《とき》。

「渚《なぎさ》くーん！」

うしろから、かん高《だか》い、甘《あま》ったるい声《こえ》が飛《と》んできた。この声《こえ》は、もしや……。

あたしの背中《せなか》がぴしっと凍《こお》りつく。藤宮《ふじみや》せりなだ！

「やっぱり渚《なぎさ》くんだー！　あけましておめでとうっ！」

おそるおそるふりかえると、せりなが満面《まんめん》の笑《え》みで手《て》をふっているのが見《み》えた。クラスの、ほかの女子《じょし》たちもいて、いっせいに、こっちに駆《か》け寄《よ》ってくる。

やばい！

あたしはすぐさま逃《に》げた。

「お、おい、千歌《ちか》っ」

渚《なぎさ》くんが呼《よ》んでるけど、無視《むし》。緊急事態《きんきゅうじたい》だもん、許《ゆる》して。

おみくじ売《う》り場《ば》の横《よこ》の、大《おお》きな楠《くす》の木《き》のかげにかくれて、そっと渚《なぎさ》くんたちの様子《ようす》をぬすみ見《み》る。

せりなたちが渚《なぎさ》くんをとりかこんだ。渚《なぎさ》くん、身動《みうご》きがとれない感《かん》じになってる。

だれかに会《あ》うかもって警戒《けいかい》してはいたけど、よりにもよって藤宮《ふじみや》せりなに会《あ》うなんて。

さっきひいたおみくじのことを思《おも》いだす。やっぱりついてない。

なんてったって、凶《きょう》だもん。

気持《きも》ちが、どんよりとくもっていく。

「ねえねえ、ひとりで来《き》たのー？」

せりなの声《こえ》がひびく。あたしは、こっそり耳《みみ》をそばだてた。

「いや、その、きょうだいといっしょに」

「えーっ！　悠斗先輩《ゆうとせんぱい》もいるのっ？」

せりなのとりまきの女子《じょし》たちが、きゃーっと黄色《きいろ》い声《こえ》をあげる。

悠斗《ゆうと》くんも、元《もと》・児童会長《じどうかいちょう》で、かっこよくてすごく人気《にんき》があったから、あたしたち後輩《こうはい》の中《なか》にもたくさんファンがいるんだよね。

「いるっつーか……。どっか行《い》っちまったっつーか……」

渚《なぎさ》くんがもごもごとごまかしている。うう、ごめんなさい。

「ねえねえ、渚《なぎさ》くん。ちょっとたのみがあるんだけど」

せりなが上目《うわめ》づかいで、渚《なぎさ》くんに話《はな》しかけている。

たのみ？　たのみってなに？

せりなが、渚《なぎさ》くんのうでに手《て》をかけた。ちょっと、なに、さわってるの？

でて行《い》きたいけど行《い》けなくて、もどかしい。

それにしても……。せりなってば、すごくかわいい恰好《かっこう》してる。

ふわふわのファーポンポンのついたベレー帽《ぼう》。すそがふわっと広《ひろ》がった、真《ま》っ白《しろ》いコート。ひらひらのミニスカートに、ブーツ。ゆるくカールのついた長《なが》い髪《かみ》が風《かぜ》にゆれて、なんだか甘《あま》いにおいがしてきそう。

「ちょ、藤宮《ふじみや》、どこ行《い》くんだよっ」

渚《なぎさ》くんのあわてた声《こえ》に、はっとした。

せりなが、渚《なぎさ》くんをぐいぐいひっぱっている。ほかの女子《じょし》たちも、せりなに加勢《かせい》するように、渚《なぎさ》くんをおしだしている。どこかに、連《つ》れていこうとしているみたいだ。

気《き》づかれないように、あたしもこっそりついていく。

万《まん》が一《いち》顔《かお》を見《み》られてもいいように、ふたたびサングラスをかけた。

境内《けいだい》にある、しめ縄《なわ》の巻《ま》かれた大《おお》きな石《いし》のまえに、人《ひと》だかりができている。せりなはそこに、まっすぐにむかっていく。

あれは、もしや……。

「縁結《えんむす》びの石《いし》」だ！

まさかせりな、渚《なぎさ》くんとふたりで、「永遠《えいえん》の愛《あい》」を、ゲットしようとしているの？

あたしだってこっそりあこがれてたのに。渚《なぎさ》くんと、ずっといっしょにいられるように、願掛《がんか》けしたいなって思《おも》ってたのに。

人《ひと》がはけて、せりなたちの順番《じゅんばん》がまわってくる。

せりなは渚《なぎさ》くんの手《て》をひいて、いっしょに石《いし》にさわろうとしている。渚《なぎさ》くんはふしぎそうな顔《かお》。この石《いし》の意味《いみ》、知《し》らないんだ。

脳内《のうない》に、ウエディングドレスを着《き》たせりなと、タキシードの渚《なぎさ》くんのすがたが浮《う》かんだ。

ふたりの薬指《くすりゆび》に光《ひか》る、おそろいのリング……。

「だめーっ！」

気《き》づいたら、あたしは飛《と》びだして、叫《さけ》んでいた。

せりなたちと、渚《なぎさ》くんが、びっくりしてこっちを見《み》る。

しまった！　くるりと背《せ》をむけて、逃《に》げようとしたらば。

「ストーカーっ！」

せりなが叫《さけ》んだ。

「気《き》づいてたんだから！　さっきから、渚《なぎさ》くんのこと、こっそりつけてきてたでしょっ！」

うそっ！

あたしの正体《しょうたい》はバレてないみたいだけど、ストーカーって、そんな！

あたしは逃《に》げた。

走《はし》って走《はし》って、人《ひと》ごみをすり抜《ぬ》けて、逃《に》げた。

参道《さんどう》の、出店《でみせ》のそば。どんっと、女《おんな》の人《ひと》にぶつかった。ぎろっとにらまれる。

「ご、ごめんなさい……」

消《き》えいりそうな声《こえ》で、あやまった。女《おんな》の人《ひと》はあたしを冷《つめ》たく一瞥《いちべつ》すると、連《つ》れの男《おとこ》の人《ひと》と歩《ある》いて行《い》った。

あたし……。なにやってるんだろう。

冷《つめ》たい風《かぜ》がふいた。ぶるっとからだがふるえて、思《おも》わず、両《りょう》うでをからだにまわす。

どうしよう。渚《なぎさ》くんと、はぐれてしまった。

渚《なぎさ》くん、まだ、せりなたちといっしょにいるのかな。

ストーカーだってかんちがいされてるし、また見《み》つかったら大騒《おおさわ》ぎされちゃう。

だからといって、正体《しょうたい》を明《あ》かすわけにもいかないし。

そう思《おも》うと、さっきの場所《ばしょ》にもどれなくて、あたしはひたすら、参道《さんどう》をうろうろしていた。

はしゃいでいる小《ちい》さな男《おとこ》の子《こ》と、その子《こ》の手《て》をひくおじいちゃん。写真《しゃしん》を撮《と》っている女子高生《じょしこうせい》のグループ。赤《あか》ちゃんを抱《だ》っこしている、若《わか》い夫婦《ふうふ》。

行《い》きかう人《ひと》たちは、みんな笑顔《えがお》で、幸《しあわ》せそう。

なのに、あたしは……。

目深《まぶか》にかぶったニット帽《ぼう》に、サングラスに、マスク。めちゃくちゃ不審人物《ふしんじんぶつ》だよ。渚《なぎさ》くんにも「あやしい」って言《い》われたし、そういえば。

せりなはあんなにおしゃれして、きらきら輝《かがや》いてたのに。

せっかく、渚《なぎさ》くんとふたりでおでかけだったのにな。

たんすの奥《おく》に仕舞《しま》った、花柄《はながら》のワンピースのことが、ちらりと頭《あたま》によぎった。

あたしだって……。ほんとは……。

目《め》の奥《おく》がつんと痛《いた》む。涙《なみだ》が、せりあがってくる。

痛《いた》いぐらいに冷《つめ》たい北風《きたかぜ》が、ようしゃなくあたしをなぶる。

あたしは、ひとりぼっち。自業自得《じごうじとく》だ。だって、自分《じぶん》から逃《に》げたんだもん。自分《じぶん》で、渚《なぎさ》くんを置《お》いてきぼりにしちゃったんだもん。

こんな恰好《かっこう》して、ずっと、こそこそかくれてばかりで。

渚《なぎさ》くんも、楽《たの》しくないよね、こんな子《こ》といっしょじゃ。

せりなたちといるほうが、きっと楽《たの》しいよね。

あたしのひいたおみくじは、「凶《きょう》」。

今年《ことし》1年《ねん》、あたしは、ずっとこんなふうに逃《に》げまわって、渚《なぎさ》くんにいやな思《おも》いをさせるのかな。

そして、きらわれて。せりなみたいな、かわいくて堂々《どうどう》とした子《こ》に、渚《なぎさ》くんを取《と》られちゃうんだ、きっと。

それでいいの？　あたし。

ぶわっと、涙《なみだ》があふれた。

いいわけ、ないよ。だって好《す》きなんだもん。

渚《なぎさ》くんと家族《かぞく》になって、いっしょに暮《く》らして。はじめて知《し》ったんだよ、こんな気持《きも》ち。

だれにも取《と》られたくないよ。ずっといっしょにいたいよ。

あたしは、サングラスとマスクをはずした。

こぼれる寸前《すんぜん》だった涙《なみだ》を、ぐっと飲《の》みこむ。

上《うえ》をむいて、ぱちぱちとまばたきする。よし、これで、涙《なみだ》、完全《かんぜん》にひっこんだ。

やっぱり、もどろう。どうにかして、渚《なぎさ》くんをせりなから取《と》りかえすんだ。

あたしは、急《いそ》いで、「縁結《えんむす》びの石《いし》」の場所《ばしょ》までもどった。だけど、いない。

おみくじ売《う》り場《ば》や、お守《まも》りや絵馬《えま》の売《う》り場《ば》も、見《み》てまわる。

広《ひろ》い境内《けいだい》の、どこもかしこも、人《ひと》がいっぱい。くまなく歩《ある》きまわる。

参道《さんどう》に立《た》ちならぶ出店《でみせ》を、一軒《いっけん》一軒《いっけん》、さがしまわった。

見《み》つからない。

もしかして、神社《じんじゃ》をでて、せりなたちといっしょに、どこかに遊《あそ》びに行《い》ったのかな……。

そう思《おも》ったら、いてもたってもいられなくなって、鳥居《とりい》をくぐって神社《じんじゃ》からでた。

この道《みち》を左方向《ひだりほうこう》へ進《すす》むと、駅《えき》にでる。まさかとは思《おも》うけど、電車《でんしゃ》に乗《の》った……とか？

駅《えき》までの一本道《いっぽんみち》を、あたしは走《はし》った。ひたすらに走《はし》った。

インドア派《は》で運動《うんどう》ぎらいのあたしが、こんなに走《はし》れるなんて知《し》らなかったよ。学校《がっこう》の徒《と》競走大会《きょうそうたいかい》だって、すぐに息切《いきぎ》れしちゃうのに。

やっとのことで駅《えき》についた。息《いき》が苦《くる》しい。でも、止《と》まってはいられない。

ホームにはいない。

駅《えき》まえの公園《こうえん》や、ファストフード店《てん》や、コンビニものぞいてまわる。だけど。

いない、よ。

あたしは、とぼとぼと、神社《じんじゃ》までもどった。

鼻《はな》の奥《おく》がつんとして、ひっこめていたはずの涙《なみだ》が、あふれだしてくる。止《と》まらないよ。

ぐすぐすと鼻《はな》をすりながら、鳥居《とりい》をくぐる。もう一度《いちど》神社《じんじゃ》をさがして、見《み》つからなかったら、バスに乗《の》って家《いえ》に帰《かえ》ろう。

走《はし》りまわってかいた汗《あせ》が一気《いっき》にひいて、からだが冷《ひ》える。

いつの間《ま》にか、空《そら》には厚《あつ》い雲《くも》が広《ひろ》がっていて、陽《ひ》の光《ひかり》もさえぎられている。

ひどく寒《さむ》くて、あたしは参道《さんどう》のわきにうずくまった。

たこ焼《や》きや、焼《や》きそばの、ソースのにおいが鼻《はな》さきにただよってくる。渚《なぎさ》くんとふたりで歩《ある》いていたときは、はずむような気持《きも》ちで、このにおいをかいだのに。

渚《なぎさ》くん。会《あ》いたい。さびしいよ。

かたかたと、からだがふるえる。寒《さむ》いよ……。

「どうしたの？」

声《こえ》がして、はっと顔《かお》をあげた。知《し》らない男《おとこ》の人《ひと》がいる。大学生《だいがくせい》ぐらい？　もっと上《うえ》？

「具合《ぐあい》でも悪《わる》いの？」

「え、えっと。平気《へいき》です」

あたしは立《た》ち上《あ》がった。

「でも、顔色悪《かおいろわる》いよ」

「ありがとうございます。ほんとに、大丈夫《だいじょうぶ》ですから……」

「きみ、小学生《しょうがくせい》？　ひとりできたの？」

「えっと……」

答《こた》えにつまっていたら、頭《あたま》がくらっとして、よろけてしまった。

「あぶない」

と、男《おとこ》の人《ひと》がとっさにあたしのうでを取《と》った。

「家族《かぞく》の人《ひと》は？」

「だいじょうぶです、すみません」

手《て》を離《はな》してくださいと、言《い》おうとした、その瞬間《しゅんかん》。

「千歌《ちか》っ！」

あたしを呼《よ》ぶ声《こえ》がした。はっと、ふりかえる。

渚《なぎさ》くん！

「千歌《ちか》に、なにしてんだよ！　手《て》を離《はな》せ！」

渚《なぎさ》くんが、あたしと男《おとこ》の人《ひと》の間《あいだ》に割《わ》ってはいった。

あたしを自分《じぶん》の背中《せなか》のうしろにかくして、ぎゅっと、男《おとこ》の人《ひと》をにらみつける。

男《おとこ》の人《ひと》は、ぽかんと口《くち》を開《あ》けて。それから、ぷっ、と、ふきだした。

「なっ、なに笑《わら》ってんだよ！」

渚《なぎさ》くんは、ますます声《こえ》を荒《あら》らげる。

男《おとこ》の人《ひと》は、笑《わら》いをかみ殺《ころ》しながら、あたしに、「よかったね」って言《い》った。

「彼氏《かれし》が迎《むか》えにきてくれたから、ひと安心《あんしん》だね。もう、はぐれないようにね」

「なっ……！」

か、彼氏《かれし》っ？

「か、彼氏《かれし》じゃねーし！　コ、コイツは妹《いもうと》！」

渚《なぎさ》くんはムキになってあわてまくっている。そんなに必死《ひっし》に否定《ひてい》しなくても……。

男《おとこ》の人《ひと》は、「じゃーね」と手《て》をひらひらとふって、去《さ》って行《い》った。

「な、渚《なぎさ》く……」

さっきの。ひょっとして、あたしを、守《まも》ろうとしてくれてた……、ん、だよね？

「バカ！　千歌《ちか》、どこ行《い》ってたんだよっ！　すげーさがしまわったんだからな！」

いきなり、真剣《しんけん》な顔《かお》でおこられて、あたしはひるんだ。

「な、渚《なぎさ》くんこそ。藤宮《ふじみや》さんたちと、どこかに遊《あそ》びに行《い》ったんじゃなかったの？」

「行《い》くわけねーだろ？　おまえがいるのに」

ぶっきらぼうに言《い》って、渚《なぎさ》くんはそっぽをむいた。

「すげー心配《しんぱい》したんだからな。ヘンな事件《じけん》だって多《おお》いし」

ぼそぼそと、つぶやく。

「……さっきの。誘拐《ゆうかい》されかけてんのかと思《おも》った。かんちがいだったみたいだけど」

「ごめんなさい」

頭《あたま》を下《さ》げた。あたしが勝手《かって》に逃《に》げまわったせいだ。

でも……。

「……ありがとう」

そっと、告《つ》げた。うれしいよ。心配《しんぱい》してくれたこと。守《まも》ってくれたこと。

胸《むね》の中《なか》が、じんわりあたたまっていく。さっきまで、あんなに寒《さむ》かったのに。

「べっつに？」

渚《なぎさ》くんは、まだあたしから顔《かお》をそらしたまま。

「兄《あに》としての義務《ぎむ》？　責任《せきにん》？　ってやつ、だから。妹《いもうと》をあぶない目《め》にはあわせらんねーだろ？」

「うん」

兄《あに》っていっても、同《おな》じ学年《がくねん》だし、ほんの数《すう》か月《げつ》渚《なぎさ》くんが先《さき》に生《う》まれてたってだけで、勝《かっ》手《て》に上下関係《じょうげかんけい》決《き》められちゃっただけなんだけどさ。

ずっと「妹《いもうと》」あつかいなのかなって思《おも》ったら、胸《むね》の奥《おく》が、ちくっと痛《いた》むけど。

でも、今《いま》は。素直《すなお》に、うれしい。

渚《なぎさ》くんが、ふうっと息《いき》をついた。

「それにしても、おまえ、どこ行《い》ってたんだよ？」

「駅《えき》まで渚《なぎさ》くんをさがしに行《い》ってた。藤宮《ふじみや》さんたちと、電車《でんしゃ》でどこかに行《い》ったのかと思《おも》って」

「はあーっ？」

渚《なぎさ》くんが顔《かお》をしかめる。それから、大《おお》きなため息《いき》をついた。

「俺《おれ》は、千歌《ちか》が先《さき》に帰《かえ》ったのかと思《おも》って、バス停《てい》のほうに行《い》ってみたんだよ。でもいないし。もう一回神社《いっかいじんじゃ》にもどってさがしてたら、おまえが変《へん》な男《おとこ》にうでつかまれてて」

「バス停《てい》……」

あたしたちがおりたバス停《てい》は、駅《えき》とは反対方向《はんたいほうこう》だ。

すれちがってしまっていたみたい。

「あ」

とつぜん、渚《なぎさ》くんがつぶやいた。

「お守《まも》り買《か》うの忘《わす》れてた。母《かあ》さんにたのまれてたんだよ」

行《い》こうぜ、と、渚《なぎさ》くんは駆《か》けだす。でも、すぐに立《た》ち止《ど》まって、あたしのほうをふりかえった。

「もう、迷子《まいご》になんなよ？」

にかっと、笑《わら》った。

ふたりで、家族《かぞく》みんなの、お守《まも》りを買《か》う。

「ハラへったな。そろそろ帰《かえ》るか」

渚《なぎさ》くんに言《い》われて、うなずいた。

縁結《えんむす》びの石《いし》が、ちらりと視界《しかい》にはいる。

あたしは、渚《なぎさ》くんのダウンジャケットの裾《すそ》をつまんで、ひっぱった。

「ねえ、渚《なぎさ》くん……」

「ん？　なんだよ」

「えっと、その……」

あの石《いし》を、いっしょに撫《な》でてくれないかなって、言《い》おうとした。けど。

「なんでもない」

あたしは、笑《わら》った。

なんでもかんでも、神様《かみさま》にたよってお願《ねが》いするのはやめよう。

おみくじは「凶《きょう》」だったけど。

きっと、今年《ことし》も、いい年《とし》になる。

ううん、素敵《すてき》な年《とし》にするんだ。自分《じぶん》で。

渚《なぎさ》くんに、堂々《どうどう》と気持《きも》ちを告《つ》げられるような、そんな自分《じぶん》になれるように。がんばるね。


帰《かえ》りのバスをおりたら、あたりは真《ま》っ暗《くら》だった。まだ六時《じ》にもなってないのに。

冬《ふゆ》の日《ひ》は短《みじか》い。大通《おおどお》りを走《はし》る車《くるま》のライトも、コンビニのあかりも、闇《やみ》の中《なか》でこうこうと光《ひか》っている。

「しっかし、寒《さむ》いな」

渚《なぎさ》くんが背中《せなか》をまるめた。

日《ひ》が落《お》ちて、空気《くうき》は氷《こおり》みたいに冷《つめ》たい。

あたしは思《おも》わず、かじかんだ両手《りょうて》をこすりあわせた。

吐《は》く息《いき》が白《しろ》い。綿菓子《わたがし》みたい。

渚《なぎさ》くんが、自分《じぶん》の青《あお》いマフラーをしゅっとはずして、

「これ、巻《ま》いとく？」

と、あたしに差《さ》しだした。

「えっ……」

「いらねーか。俺《おれ》のだし」

「いいの……？」

「いいよ。おまえのほうが寒《さむ》そうだし。

いつもひきこもってるから、暑《あつ》さ寒《さむ》さに弱《よわ》そうだもんな」

「なにそれ。ひきこもり、関係《かんけい》あるの？」

渚《なぎさ》くんは、乱暴《らんぼう》に、あたしの首《くび》に、ぐるぐるっとマフラーを巻《ま》きつけた。

「あ、ありがと」

「いいから、さっさと行《い》くぞ」

渚《なぎさ》くんはふいっと横《よこ》をむくと、ジャケットのポケットに両手《りょうて》をつっこんで、すたすたと早足《はやあし》で歩《ある》きはじめた。

「ま、待《ま》って」

急《いそ》いで追《お》いかける。

大通《おおどお》りをわたって、しずかな住宅街《じゅうたくがい》へ。家々《いえいえ》のあかりがやさしい光《ひかり》を放《はな》っている。

歩《ある》きなれた道《みち》。あたしたちの家《いえ》に続《つづ》く、道《みち》。

「あ」

渚《なぎさ》くんが、きゅうに立《た》ち止《ど》まった。

「雪《ゆき》」

「……ほんとだ」

月《つき》も、星《ほし》もない、真《ま》っ暗《くら》な空《そら》から、白《しろ》い雪《ゆき》が、風《かぜ》にのって舞《ま》い落《お》ちる。

つぎつぎに。ふわり、ふわり。

「初雪《はつゆき》だね」

「どうりで寒《さむ》いと思《おも》った」

そう言《い》って笑《わら》う渚《なぎさ》くんの肩《かた》にも、髪《かみ》にも、雪《ゆき》がくっついている。

あたしは、渚《なぎさ》くんが巻《ま》いてくれたマフラーに手《て》をやって、きゅっと、にぎりしめた。

あったかい。

「明日《あした》、積《つ》もんねーかな」

渚《なぎさ》くん、うれしそう。

ならんで歩《ある》く帰《かえ》り道《みち》。今《いま》から同《おな》じ家《いえ》に帰《かえ》るんだと思《おも》うと、ふわふわと足取《あしど》りも軽《かる》い。

ばいばいって、言《い》わなくていいんだ。

同《おな》じ家《いえ》のドアを開《あ》けて、いっしょに「ただいま」を言《い》って、いっしょにごはんを食《た》べて。

朝《あさ》がきて、起《お》きて、部屋《へや》をでたら、好《す》きな人《ひと》に、また会《あ》える。

考《かんが》えてみたら、あたしぐらい幸《しあわ》せな子《こ》、いないかもな。……なんてね。
そんなふうに、思《おも》っていたのに。

つぎの日《ひ》の朝《あさ》。
「千歌《ちか》っ！　いつまで寝《ね》てんだよ！　雪《ゆき》、積《つ》もってるぜ！」
渚《なぎさ》くんが、あたしの部屋《へや》のドアを、ばんっと開《あ》けた。
いつもみたいに、勝手《かって》にはいってこないで、って、言《い》いかえしたいけど、できない。
寒《さむ》くて寒《さむ》くて、布団《ふとん》からでられないの。頭《あたま》もがんがん痛《いた》くて、くらくらする。
「千歌《ちか》、どうした？　大丈夫《だいじょうぶ》か？」
渚《なぎさ》くんの声色《こわいろ》がかわった。うん。大丈夫《だいじょうぶ》じゃ、……ないみたいです。
熱《ねつ》を測《はか》ると、40度《ど》近《ちか》くあって、すぐに、みちるさんに病院《びょういん》に連《つ》れて行《い》かれた。
検査《けんさ》の結果《けっか》、インフルエンザだった。
パパのがうつったんだ。
おかげで、残《のこ》りの冬休《ふゆやす》みは、どこにも行《い》けず、ずーっとベッドですごすはめになってしまった。
やっぱりあたし、ついてない……、かも。あーあ。

（おわり）

針《はり》とら・作《さく》
みもり・絵《え》
雑貨店《ざっかてん》で、おそろしい
「鬼《おに》サンタ」におそわれて……!?
絶望《ぜつぼう》鬼《おに》ごっこ
恋《こい》する地獄《じごく》クリスマス

絶望《ぜつぼう》鬼《おに》ごっことは…

桜ヶ島小学校《さくらがじましょうがっこう》に通《かよ》う６年生《ねんせい》の**大場大翔《おおばひろと》**たちは、ある日突然《ひとつぜん》、おそろしい**鬼《おに》**に**命《いのち》をねらわれ**はじめる。命《いのち》からがら、**なんとかきりぬける日々《ひび》**を送《おく》っていて……!?

登場人物《とうじょうじんぶつ》

渡辺美咲《わたなべみさき》

４年生《ねんせい》。２つ年上《としうえ》の、大翔《ひろと》のことが好《す》き。

宮原《みやはら》 葵《あおい》

６年生《ねんせい》。学年《がくねん》１の秀才《しゅうさい》で、しっかり者《もの》。

大場大翔《おおばひろと》

６年生《ねんせい》。勉強《べんきょう》はいまいちだけど、正義感《せいぎかん》が強《つよ》く、友達思《ともだちおも》い。

桜井《さくらい》 悠《ゆう》

危険《きけん》を察知《さっち》する不《ふ》思議《しぎ》な力《ちから》がある。

金谷章吾《かなやしょうご》

運動《うんどう》も勉強《べんきょう》もできる天才少年《てんさいしょうねん》。

1

【鬼《おに》ごっこのルール
ルール①：子供《こども》は、鬼《おに》から逃《に》げなければならない。】

看板《かんばん》に書《か》かれた文章《ぶんしょう》をみつめて、わたしはパチパチと目《め》をまたたいた。

お店《みせ》の出口《でぐち》ドアにかけられた、チョコレート色《いろ》の看板《かんばん》だ。

ついさっきまでは、『メリー・クリスマス☆』って、おしゃれな文字《もじ》で書《か》かれていたのに。

いまは、文面《ぶんめん》が変《か》わってしまっている。

【ルール①：子供《こども》は、鬼《おに》から逃《に》げなければならない。
ルール②：鬼《おに》は、子供《こども》を捕《つか》まえなければならない。
ルール③：出口《でぐち》のドアは、クリスマスクイズに1問《もん》でも正解《せいかい》すればひらく。
ルール④：クリスマスクイズに不正解《ふせいかい》するたび、鬼《おに》が1匹《ぴき》追加《ついか》される。】

……なんなんだろう、これ？

お店《みせ》のもよおし？　イベントかなにか？　クリスマスが近《ちか》いことだし、特別《とくべつ》イベントをやってるんだろうか。

わたしは首《くび》をかしげながら、フロアにむかって声《こえ》をはりあげた。

「すみませーん！　出口《でぐち》のドア、あけてくれませんかー？　わたし、イベント、参加《さんか》しないんでー！」

……返事《へんじ》はない。

店内《てんない》は明《あ》かりがほとんどおとされ、真《ま》っ暗《くら》になっていて、人《ひと》の気配《けはい》はない。まだ営業時間内《えいぎょうじかんない》なのに、これもイベントのせいだろうか。

「いったいなんなの？」

わたしは文句《もんく》をいいながら、また看板《かんばん》を見《み》なおした。

鬼《おに》ごっこのルール……最後《さいご》に書《か》かれた一文《いちぶん》に、自然《しぜん》と目《め》が吸《す》い寄《よ》せられてしまう。

ただの商店街《しょうてんがい》のイベントだ。そう思《おも》うのに、胸《むね》さわぎがした。

【ルール⑤：鬼《おに》に捕《つか》まった子供《こども》は、☠】

＊

ほんの5分前《ふんまえ》。わたしは桜ヶ島商店街《さくらがじましょうてんがい》にある、人気《にんき》の雑貨屋《ざっかや》さんの、男《おとこ》の子向《こむ》けプレゼントコーナーにいた。

ひろい店内《てんない》は、お客《きゃく》さんでいっぱい。

天井《てんじょう》のスピーカーから流《なが》れる、陽気《ようき》なクリスマスミュージック。

サンタ服姿《ふくすがた》の店員《てんいん》さんたちが、お客《きゃく》さんたちにニッコニコ。

壁一面《かべいちめん》にかざられたイルミネーションが、色《いろ》とりどりにピカピカ光《ひか》ってる。

そんな幸《しあわ》せそうな笑顔《えがお》あふれる店内《てんない》で。

——憎《にく》き宮原先輩《みやはらせんぱい》め。これで差《さ》をつけてやるわ！　ふっふっふ！

わたし……渡辺美咲《わたなべみさき》は据《す》わった目《め》つきをして、一心不乱《いっしんふらん》にプレゼントを選《えら》んでいたのだった。

わたしにはいま、好《す》きな人《ひと》がいる。

同《おな》じ桜ヶ島小学校《さくらがじましょうがっこう》で2こ上《うえ》、6年生《ねんせい》の、大場大翔先輩《おおばひろとせんぱい》だ。

勉強《べんきょう》はいまいちだけど、運動《うんどう》が得意《とくい》。ふだんはけっこうとぼけてるんだけど、真剣《しんけん》になったときの目《め》がかっこいいんだ。

ただ、1つ大《おお》きな問題《もんだい》がある。

それは、大場先輩《おおばせんぱい》には仲《なか》のいい幼《おさな》なじみの女《おんな》の子《こ》――宮原葵《みやはらあおい》がいるってことだ。

頭《あたま》がよくて、成績《せいせき》は学年《がくねん》トップ。さっぱりした性格《せいかく》で、かくれファンも多《おお》い。

2人《ふたり》が仲良《なかよ》さそうに話《はな》しているところを見《み》かけるたびに、わたしの胸《むね》は嫉妬《しっと》でいっぱいになってしまう。

「宮原先輩《みやはらせんぱい》って、計算高《けいさんだか》くって冷《つめ》たそう！　勉強《べんきょう》ができる？　頭《あたま》でっかちの、ガリ勉《べん》ってことでしょ。わたしのほうが、大場先輩《おおばせんぱい》にふさわしいもん！」

わたしは宮原先輩《みやはらせんぱい》のことを、話《はな》したこともないのにきらっていたのだった。

その日《ひ》、雑貨屋《ざっかや》さんにやってきたのは、クリスマスプレゼントを買《か》うためだった。こんどひらかれる地域《ちいき》のクリスマス会《かい》で、大場先輩《おおばせんぱい》にわたすつもりなんだ。

ちょうど夕方《ゆうがた》の混《こ》みあう時間《じかん》で、レジには列《れつ》ができている。

時間《じかん》がかかりそうなので、先《さき》にトイレにいっておくことにした。洗面所《せんめんじょ》にはいって、ドアを閉《し》める。そのときまで、店内《てんない》は明《あか》るくにぎやかだった。

なのに、でてきたとき。

店内《てんない》は真《ま》っ暗《くら》になっていた。

ついさっきまでレジにならんでいたお客《きゃく》さんたちが、煙《けむり》のように消《き》えてしまっている。

「もう閉店《へいてん》？　はやすぎない……？」

わたしは首《くび》をかしげながら、出口《でぐち》のドアへむかったけれど、カギがかかっていてあかない。

それで、ふと、ドアにかけられた看板《かんばん》の文字《もじ》が、変《か》わっていることに気《き》づいたというわけだった。

「すみませーん！　店員《てんいん》さん、いませんかー！　まだお客《きゃく》、のこってまーす！　出口《でぐち》のドア、あけてほしいんですけどー！」

わたしはもう一度《いちど》、フロアにむかって声《こえ》をはりあげた。

『はいはーい。だいじょうぶですよー。鬼《おに》ごっこに勝《か》てば、きちんとあきますからねー』

天井《てんじょう》のスピーカーから、声《こえ》がひびいた。わたしはほっとした。

「あの！　わたしイベント、参加《さんか》しないんで！　だしてほしいんですけどー！」

『はいはーい。それではさっそく、はじめましょう！　クリスマスにまつわる問題《もんだい》をだすから、よく考《かんが》えてこたえてねー。それじゃ、第《だい》1問《もん》！』

声《こえ》はわたしのいうことを、完全《かんぜん》スルーして進《すす》めだした。年齢《ねんれい》も性別《せいべつ》もわからない、おかしな声《こえ》だ。

チリンチリンチリン……イベント開始《かいし》の合図《あいず》なのか、鈴《すず》の音《ね》がにぎやかに鳴《な》りひびく。

『第《だい》1問《もん》。クリスマスといえば、〝プレゼント〟ですよね？

〝プレゼント〟に関《かん》する問題《もんだい》です。

クリスマスにプレゼントが贈《おく》られるようになった、起源《きげん》はなあに？　おこたえください！』

スピーカーからジングルベルが流《なが》れはじめた。

フロアのあちこちで、イルミネーションが、音楽《おんがく》にあわせてピカピカ光《ひか》っている。

わたしは、ぽかんとしてあたりを見《み》まわしていた。

……これはいったい、なんなんだ？

『………ブッブー！　時間《じかん》ぎれ！

正解《せいかい》を発表《はっぴょう》します。クリスマスにプレゼントが贈《おく》られるようになった起源《きげん》は、〝キリスト教《きょう》の団体《だんたい》が貧《まず》しい人《ひと》たちにパンを配《くば》ったこと〟でした！　パン、いいですよね、パン！

不正解《ふせいかい》なので、鬼《おに》が1匹追加《ぴきついか》されます。みんなで呼《よ》びましょう。サンタさーん！』

……ふと、鼻歌《はなうた》が聞《き》こえてきた。

ふりむくと、レジコーナーのなかに、だれかがうずくまっているのが見《み》えた。

真《ま》っ赤《か》なサンタクロース服《ふく》に、サンタ帽《ぼう》をかぶってる。

でっぷりと太《ふと》った体《からだ》は大《おお》きくて、２メートルくらいありそうだ。

小《ちい》さな椅子《いす》に窮屈《きゅうくつ》そうに座《すわ》って、ジングルベルを口《くち》ずさんでる。

良《よ》かった。店員《てんいん》さんだ。

「すみません！　トイレはいってるあいだに、クイズイベント？　はじまっちゃったみたいなんです！」

わたしが呼《よ》びかけると、サンタ服《ふく》の人影《ひとかげ》は鼻歌《はなうた》を止《や》めた。

くるりとこちらに向《む》きなおった。

「わたし、参加《さんか》しないんで！　出口《でぐち》、あけてほしい……んですけど………」

サンタの姿《すがた》に……わたしは口《くち》もとをひきつらせる。

そのサンタは、手《て》に麺棒《めんぼう》をかまえていた。

パン生地《きじ》をうすく平《たい》らにのばすときに使《つか》う、調理器具《ちょうりきぐ》だ。ただ、サイズが巨大《きょだい》すぎて、麺棒《めんぼう》というより棍棒《こんぼう》に近《ちか》い。

サンタの顔《かお》は、もじゃもじゃの白《しろ》ヒゲでおおわれていた。ヒゲにはぽつぽつと赤《あか》い染《し》みがついていて、しわくちゃの顔《かお》のなかでガラス玉《だま》みたいな目玉《めだま》が、ギョロギョロ動《うご》いてわたしをみつめている。

そして、サンタ帽《ぼう》を突《つ》きやぶって生《は》えた……ツノ。

『**鬼《おに》サンタさんです**』

スピーカーから声《こえ》がひびいた。

『毎年《まいとし》のプレゼント配《くば》り、大変《たいへん》な仕事《しごと》ですからね。ストレス溜《た》まって、鬼《おに》になっちゃったっぽいです』

「メリイイイイイイイイ……クリスマァァァァァァス！」

鬼《おに》サンタはわたしを見《み》ると、耳《みみ》もとまで裂《さ》けた口《くち》をひらいてほえた。

「プレゼント！　パン！　クバルヨー！　プレゼント！　パン！　クバルヨー！」

調子《ちょうし》っぱずれな声《こえ》をはりあげながら、歩《ある》いてくる。

肩《かた》にさげたプレゼント袋《ぶくろ》の口《くち》をひらいて、わたしにおいでおいでする。

「キミ、プレゼント！　パン！　キミ、プレゼント！　パン！」

あまりにあっけにとられると、人間《にんげん》って、かえって冷静《れいせい》になるものらしい。わたしは考《かんが》えた。

なにをいってるんだろう？　「キミにプレゼントとしてパンをあげるよ」？　いや、ちがうな。

どちらかというと……　「キミがプレゼントとしてパンになってよ」？

鬼《おに》サンタは、グッと親指《おやゆび》をたててほがらかに笑《わら》った。

「キミ、プレゼント！　パン、ナルヨー！　ツブシテ！　ノバシテ！　オイシイジンニクパン！

ナルヨー！　ジンニクベール！」

いいながら、巨大麺棒《きょだいめんぼう》をバットのように素《す》ぶりしている。

〝命《いのち》の危険《きけん》〟。ニュースのなかでしか聞《き》いたことのなかった言葉《ことば》を、生《う》まれてはじめて、実感《じっかん》した。わたしは、くるりときびすを返《かえ》して走《はし》りだした。

「きゃっ」

低《ひく》い棚《たな》に思《おも》いきりひざを打《う》ちつけて、床《ゆか》にころがった。暗闇《くらやみ》で、見《み》えなかったのだ。

足《あし》を痛《いた》めたのか、すぐにはたてない。

鬼《おに》サンタは近《ちか》づいてくる。陽気《ようき》な鼻歌《はなうた》を口《くち》ずさみながら、暗闇《くらやみ》を歩《ある》いてくる。

「いやっ！　こないでっ！　助《たす》けてっ！　――だれか助《たす》けてっ！」

「メリィィィィィィクリスマァァァァァァス！」

巨大麺棒《きょだいめんぼう》をふりかぶった。

「はいはい、メリークリスマス！　クリスマスに鬼《おに》とかでてこないでほしいわね！　キリスト教《きょう》の行事《ぎょうじ》なんだから！」

——とつぜん、べつの声《こえ》が割《わ》ってはいった。

同時《どうじ》に、近《ちか》くにあった陳列棚《ちんれつだな》が、ぐらり……とゆれた。

品物《しなもの》をばらばらとぶちまけながら、鬼《おに》サンタにむかってたおれかかっていく。

「メリィィィィィィィクリスマァァァァァァァァァァ——————ッ」

鬼《おに》サンタのでっぷりした体《からだ》が、棚《たな》につぶされた。

わたしは床《ゆか》にへたりこんだまま、ぼうぜんとその様子《ようす》をみつめていた。

……いったいぜんたい、なんなのだ？

とつぜんわけのわからないクイズをだされて、鬼《おに》になったサンタにおそわれて、そして助《たす》けてくれたのは、よりによって……。

「だいじょうぶ？　荒《あら》っぽくてごめんね！　あぶなそうだったから、つい！」

そういって暗《くら》がりからあらわれたのは、1人《ひとり》の女《おんな》の子《こ》だった。

ぽかんとしているわたしの手《て》をとりひっぱりあげると、ニコッと笑《わら》った。

「クリスマスに鬼《おに》ごっこなんて、ついてないわね。さ、逃《に》げましょ！」

わたしがきらっていた相手《あいて》——6年生《ねんせい》の宮原葵先輩《みやはらあおいせんぱい》だった。

2

「あ、あれ、いったい、なんなんですか……」

棚《たな》のかげから様子《ようす》をうかがいながら、わたしは宮原先輩《みやはらせんぱい》に問《と》いかけた。

鬼《おに》サンタは真《ま》っ暗《くら》なフロアのむこうを、のろのろと歩《ある》いている。ときどき、メリークリスマァァァス……と奇声《きせい》をあげて、巨《きょ》大麺棒《だいめんぼう》で棚《たな》をぶち壊《こわ》しながら、うろついている。

「サンタさんの名誉《めいよ》のためにいっておくけど、もちろん本物《ほんもの》じゃないわ。偽《にせ》サンタよ」

宮原先輩《みやはらせんぱい》は戸惑《とまど》ったふうもなく、鬼《おに》サン

夕を見《み》ながら肩《かた》をすくめた。

「あれは、〝鬼《おに》〟よ。低級《ていきゅう》の餓鬼《がき》かなんかが、クリスマスだからって調子《ちょうし》にのって、仮装《かそう》して悪《わる》ノリしてるみたいね。たまにあることなの。現実世界《げんじつせかい》が地獄《じごく》とつながって、鬼《おに》がでてきちゃうことってね」

なんでもないことみたいに、さらりといってのける。「たまにあることなの」で片《かた》づけていい話《はなし》とは、とても思《おも》えないんだけど。

さっぱりついていけないわたしの不安《ふあん》を見越《みこ》したみたいに、宮原先輩《みやはらせんぱい》はうなずいた。

「ともかく、いまはこの場《ば》から逃《に》げだすことだけ考《かんが》えましょ。外《そと》にさえでられれば、もとの世界《せかい》にもどれることが多《おお》いから。不安《ふあん》はいったんおいといて、脱出《だっしゅつ》するためにやるべきことをやる。いまわたしたちがすべきは、お店《みせ》の正面《しょうめん》ドアのあけかたを考《かんが》えること。オーケー？」

算数《さんすう》の問題《もんだい》を解説《かいせつ》する先生《せんせい》みたいに、すらすらとしゃべる。

こんなわけのわからない状況《じょうきょう》にも、まるで怖《こわ》がっていないみたいだ。

「あたし、なれてるのよ、こういうの。まかせて。渡辺美咲《わたなべみさき》ちゃん、だったわね？　あたしが責《せき》任《にん》もって、無事《ぶじ》に逃《に》がしてあげるから」

パチリとウインクしてみせる。

計算高《けいさんだか》くて冷《つめ》たそうな感《かん》じなんて、ぜんぜんしない。

わたしを安心《あんしん》させようとしてくれる、やさしい気遣《きづか》いが伝《つた》わってきて……わたしは心《こころ》のなかで首《くび》をふった。

よけいなことは考《かんが》えるな。いまはここから逃《に》げだすことだけ考《かんが》えなくちゃ。

……あきらめをつけるのは、それからだって、おそくないんだから。

＊

出口《でぐち》のドアは、フロアに一《ひと》つだけしかない。西洋《せいよう》アンティーク風《ふう》の、おしゃれな両《りょう》びらきのドアだ。

わたしたちは鬼《おに》サンタを避《さ》けながら、ドアの前《まえ》に移動《いどう》した。ドアガラスのむこうをのぞきこむけど、霧《きり》がたちこめていてなにも見《み》えない。2人《ふたり》がかりで取《と》っ手《て》にとりつき、力《ちから》をこめるけど
……ビクともしなかった。

「やっぱり、クリスマスクイズとやらに正解《せいかい》しないと、でられないみたいね」

ドアをけりつけていた宮原先輩《みやはらせんぱい》が、いらだたしげに息《いき》をついた。

「まったくもう。どうしてわざわざクリスマスの時季《じき》に、鬼《おに》なんてでるのよ。季節《きせつ》はずれじゃない」

鬼《おに》がでるのに季節《きせつ》はずれもオン・シーズンもあるのかどうかはよくわからない。

『クリスマスに鬼《おに》がでるのは、よくあることです。良《よ》い子供《こども》にプレゼントを配《くば》るのがサンタクロース、悪《わる》い子供《こども》に罰《ばつ》を与《あた》えるのが鬼《おに》』

「クランプスのこと？　ヨーロッパの文化《ぶんか》を日本《にほん》に持《も》ちこまないでよ。鬼《おに》が外国《がいこく》にかぶれるのはどうかと思《おも》うわ」

天井《てんじょう》のスピーカーの声《こえ》にもまったく臆《おく》さず、宮原先輩《みやはらせんぱい》は声《こえ》をはりあげる。

「それにあたしも美咲《みさき》ちゃんも、悪《わる》い子供《こども》じゃないし。むしろ、あたしほどいい子《こ》もいないと思《おも》うわよ？　桜ヶ島小学校《さくらがじましょうがっこう》1の、優等生《ゆうとうせい》なんだから」

ふっ、と胸《むね》をはっている。優等生《ゆうとうせい》がそんな態度《たいど》とるのかどうかはべつとして、正体《しょうたい》のわからない危険《きけん》な相手《あいて》に、ここまで堂々《どうどう》とできる子供《こども》なんてそうはいないだろう。

「さっさとクイズをだしなさい。といてあげるから」

『……それでは第《だい》2問《もん》』

声《こえ》は問題《もんだい》を読《よ》みあげた。

『クリスマスといえば、〝サンタクロース〟。そして〝サンタクロース〟といえば、〝トナカイ〟ですよね？　〝トナカイ〟に関《かん》する問題《もんだい》です。

サンタのソリをひくトナカイたちの名前《なまえ》を、全部《ぜんぶ》！　おこたえください。全部《ぜんぶ》です。１匹《ぴき》でも欠《か》けたりまちがえたりしたらダメですよ』

またスピーカーからジングルベルが流《なが》れはじめた。シンキングタイムの音楽《おんがく》らしい。

フロアのあちこちでイルミネーションが、まるでケラケラとあざ笑《わら》うみたいに光《ひか》りはじめる。

「……サンタのソリをひく、トナカイたちの名前《なまえ》？」

わたしは口《くち》もとをひきつらせた。

「そ、そんなの、知《し》るわけないじゃないの……」

そもそもサンタクロースのトナカイに、名前《なまえ》なんてあったんだっていう感《かん》じだ。

「クイズイベントでしょ！　もっと、小学生《しょうがくせい》でもとける問題《もんだい》にしてよ！」

『**しかし人生《じんせい》とはとけない問題《もんだい》そのものなのではないでしょうか**』

わたしの抗議《こうぎ》に、スピーカーの声《こえ》はわけのわからないことをいってとりあわない。

ジングルベルの音楽《おんがく》だけが、刻一刻《こくいっこく》と時間《じかん》の経過《けいか》を告《つ》げている。

「せ、せんぱい……」

横《よこ》を向《む》いて宮原先輩《みやはらせんぱい》をうかがうわたしは、きっと情《なさ》けない涙目《なみだめ》になってたと思《おも》う。


——こんな問題《もんだい》、ムリですよね？

——また時間《じかん》ぎれで、鬼《おに》、でてきちゃいますよう……。


先輩《せんぱい》も同《おな》じような表情《ひょうじょう》をしていると思《おも》ったのに、ちがっていた。

宮原先輩《みやはらせんぱい》は……ふふんと笑《わら》っていたのだ。

あごに手《て》をやり、胸《むね》をはって。

まるで、逆境《ぎゃっきょう》を楽《たの》しむみたいに。

「解答《かいとう》するわ。〝ダッシャー〟。〝ダンサー〟。〝プランサー〟。〝ヴィクセン〟。〝ドナー〟。〝ブリッツェン〟。〝キューピッド〟。〝コメット〟」

つぎつぎと名前《なまえ》を読《よ》みあげていく。

「以上《いじょう》が、公式《こうしき》にみとめられた8匹《ぴき》。そこに〝ルドルフ〟をくわえた9匹《ひき》とすることもあるわ。

いわゆる赤《あか》ハナのトナカイは、このルドルフのことね」

『…………正解《せいかい》』

こたえられると思《おも》っていなかったのか、声《こえ》はしぶしぶといった感《かん》じでいった。

「す、すごい。どうしてそんなこと、知《し》ってるんですか？」

わたしは、あっけにとられて訊《き》いた。

「なぜそんなに、頭《あたま》がよく、聡明《そうめい》なのにくわえて、雑学《ざつがく》まで豊富《ほうふ》なのかって？」

そこまではいっていないけど、宮原先輩《みやはらせんぱい》はふふっと笑《わら》ってこたえた。

「世《よ》の中《なか》に無駄《むだ》な知識《ちしき》なんて、なに1つないと思《おも》っているからよ。なにごとも素直《すなお》に学《まな》ぶ、不断《ふだん》の努力《どりょく》。その姿勢《しせい》こそが、人《ひと》としてもっとも大切《たいせつ》なことであると、あたしは思《おも》っているのよ」

きまった……というように、得意《とくい》げに胸《むね》をはっている。

わたしは、大場先輩《おおばせんぱい》のことを思《おも》いだした。

ライバルに追《お》いつこうと、自分《じぶん》の力《ちから》をのばそうと、大場先輩《おおばせんぱい》は毎日《まいにち》、走《はし》りこみをがんばっている。ひたむきにがんばる姿《すがた》を見《み》ているうち、わたしは大場先輩《おおばせんぱい》のことが好《す》きになった。

宮原先輩《みやはらせんぱい》の目《め》の光《ひかり》は、そんな大場先輩《おおばせんぱい》と似《に》てる気《き》がした。

大場先輩《おおばせんぱい》と宮原先輩《みやはらせんぱい》。

やっぱり、二人《ふたり》はとても……。

「ま、ほんとは、対戦《たいせん》クイズゲーム用《よう》に得《え》た知識《ちしき》なんだけどね。あれ、燃《も》えんのよ……」

宮原先輩《みやはらせんぱい》はぼそりとつけくわえた。

それから、天井《てんじょう》のスピーカーを見《み》あげた。

「ともかく。クイズ、正解《せいかい》したわよ。さあ、ドアをあけてちょうだい」

『……いやあ。正解《せいかい》は正解《せいかい》なんですけど、ね？』

声《こえ》はこたえた。

『それはそれ！　話《はなし》がべつ！　トナカイさんにもご登場《とうじょう》いただきましょう。ルドルフさーん！』

「ちょ、ちょっと、どういう――」


パカッ、パカッ、パカッ……。


フロアのむこうから、硬《かた》い音《おと》がひびいた。宮原先輩《みやはらせんぱい》は抗議《こうぎ》を止《や》めた。

おそるおそるふりむくと、暗闇《くらやみ》のなかに……赤《あか》い光《ひかり》がうかびあがっていた。

トナカイだった。

光《ひか》っているのは、その鼻《はな》だ。

トナカイの鼻《はな》がランプのように真《ま》っ赤《か》に光《ひか》って、あたりをピカピカとてらしだしている。

鼻《はな》以外《いがい》に、目《め》も真《ま》っ赤《か》。口《くち》のまわりも真《ま》っ赤《か》なら、全身《ぜんしん》の毛並《けな》みも真《ま》っ赤《か》っ赤《か》。ジェルかワックスで固《かた》めてでもいるのか、ところどころ毛並《けな》みが逆《さか》だっている。

『鬼《おに》トナカイの、ルドルフさんです』

スピーカーから声《こえ》がひびいた。

『いつもみんなの、笑《わら》い者《もの》でしたからね。ストレス溜《た》まって、鬼《おに》になっちゃったっぽいです』

「むしろあたしがストレス溜《た》まって鬼《おに》になりそうなんだけど……」

宮原先輩《みやはらせんぱい》が口《くち》もとをひきつらせる。

鬼《おに》トナカイが前脚《まえあし》をしずめた。

前傾姿勢《ぜんけいしせい》になり、ツノを突《つ》きだした。

「──美咲《みさき》ちゃん！」

宮原先輩《みやはらせんぱい》がわたしの手《て》をつかみ、ひっぱった。

同時《どうじ》に鬼《おに》トナカイが突進《とっしん》してきた。

わたしたちは抱《だ》きあって、通路《つうろ》をころがった。一瞬前《いっしゅんまえ》までいた場所《ばしょ》を、鬼《おに》トナカイがとおりすぎていく。

そのままフロアを走《はし》り抜《ぬ》けると、鬼《おに》サンタに飛《と》びかかっていった。

「だいじょうぶ？　美咲《みさき》ちゃん」

宮原先輩《みやはらせんぱい》はスカートのホコリをはらうと、すばやくたちあがった。

腰《こし》が抜《ぬ》けたわたしをひっぱりあげ……ニコッと笑《わら》った。

「あきらめちゃだめよ。だいじょうぶ。かならず帰《かえ》れるから」

はげましてくれる。

自分《じぶん》だって怖《こわ》いはずなのに。

もしも先輩《せんぱい》がいなくて1人《ひとり》だったら、わたしはもうへたりこんで泣《な》きだし、鬼《おに》に食《た》べられちゃってたと思《おも》う。

「――ちょっと、どういうことなのよ？　約束《やくそく》がちがうじゃない！」

宮原先輩《みやはらせんぱい》が、スピーカーをにらみあげた。

「正解《せいかい》したのに、どうしてまた鬼《おに》がでてくるのよ!?」

『いや、そうなんですけどね……。せっかく用意《ようい》した鬼《おに》だから、披露《ひろう》できないとさびしいっていうか……。あんまりすぐにクリアされちゃうと、イベント的《てき》なもりあがりに欠《か》けるっていうか

……』

「なにを勝手《かって》なことを……」

『それにほら、よく考《かんが》えてみると……正解《せいかい》したのは宮原葵《みやはらあおい》さん1人《ひとり》だけっていうか？』

「はあ？」

『渡辺美咲《わたなべみさき》さんは、まだ正解《せいかい》してないっていうか？　2人《ふたり》とも正解《せいかい》しないと、ドアをあけるわけにはいかないっていうか？　はじめから、そういうルールだったっていうか？　そういうわけなのでしたー！』

「…………」

宮原先輩《みやはらせんぱい》はひたいに青筋《あおすじ》をたてて、スピーカーをにらみあげる。

「……確認《かくにん》するわよ？　じゃあ、美咲《みさき》ちゃんも正解《せいかい》すれば、ドアをあけてくれるのね？」

『うんうん〜。美咲《みさき》ちゃんが正解《せいかい》したら、2人《ふたり》とも正解《せいかい》になるからね〜。そのときはドア、あけちゃうよ〜。あけまくりだよ〜』

宮原先輩《みやはらせんぱい》は、どうする？　というようにわたしを見《み》た。

わたしはうなずいた。

声《こえ》の信用度《しんようど》はほぼ0だけど、ほかに方法《ほうほう》がない以上《いじょう》、やるしかない。

『それじゃ問題《もんだい》です。この問題《もんだい》は、渡辺美咲《わたなべみさき》さんが解答《かいとう》してください』
わたしは、ごくりと息《いき》をのんだ。
いったい、どんなむずかしい問題《もんだい》がだされるんだろう。
こたえられるだろうか。わたしは宮原先輩《みやはらせんぱい》みたいに頭《あたま》が良《よ》くない。知識《ちしき》もない。
ゆいいつ、人《ひと》に負《ま》けないって思《おも》うのは。
好《す》きな人《ひと》を好《す》きって思《おも》う、気持《きも》ちくらいだったのに……。

『第《だい》3問《もん》。クリスマスといえば、〝カップル〟ですよね？
〝好《す》きな男《おとこ》の子《こ》〟に関《かん》する問題《もんだい》です』
声《こえ》はつづけた。口調《くちょう》に笑《わら》いをにじませながら。
『桜ヶ島小学校《さくらがじましょうがっこう》6年《ねん》2組《くみ》、大場大翔《おおばひろと》くん。
大翔《ひろと》くんの好《す》きな女《おんな》の子《こ》はだれですか？　おこたえください』

3

スピーカーから三度《みたび》、ジングルベルが流《なが》れはじめた。

フロアのあちこちで、イルミネーションがピカピカと光《ひか》る。さあこたえてこたえて、と急《せ》かすみたいに。――きみはこたえを知《し》ってるんでしょ？

……わたしは、ぼうぜんとたち尽《つ》くしていた。


「……は？　大翔《ひろと》？」

宮原先輩《みやはらせんぱい》が、ハトが豆鉄砲《まめでっぽう》食《く》ったみたいに、ぽかんとした顔《かお》をした。

「どうして、クリスマスクイズで大翔《ひろと》の話《はなし》なんかでてくるの？　どこがクリスマス？　……好《す》きな男《おとこ》の子《こ》に関《かん》する問題《もんだい》？　は？」

わけがわからないというように、首《くび》をひねっている。

「そもそも、クリスマスといえば〝カップル〟ってところから納得《なっとく》いかないんだけど。クリスマスってそういう行事《ぎょうじ》じゃないし」

まゆをひそめて抗議《こうぎ》する。

「海外《かいがい》では、クリスマスはおもに家族《かぞく》と一緒《いっしょ》にすごす行事《ぎょうじ》でしょ。べつにカップルとか好《す》きな人《ひと》とかそんなのは、」

『日本《にほん》の話《はなし》です。鬼《おに》が外国《がいこく》にかぶれるのはどうかと思《おも》うので』

スピーカーから声《こえ》がひびく。

「……まあ、いいけど。でも、よりによって大翔《ひろと》の好《す》きな女《おんな》の子《こ》だなんて……ねえ？」

宮原先輩《みやはらせんぱい》は、クスクスッとふきだす。

「ないない。あいつ、かけっこで勝《か》った負《ま》けたばかりいってる、お子《こ》ちゃまよ？　好《す》きな女《おんな》の子《こ》なんて、いないって」

さっぱりした顔《かお》でいうと、うん、とうなずいた。

「つまり、こたえは〝いない〟ね。ヘンな問題《もんだい》だして混乱《こんらん》させて、ひっかけようって魂胆《こんたん》なんでしょ」

『解答者《かいとうしゃ》は、渡辺美咲《わたなべみさき》さんです』

「美咲《みさき》ちゃん、〝いない〟が正解《せいかい》よ。大場大翔《おおばひろと》って、あたしの幼《おさな》なじみだからよく知《し》ってるの。好《す》きな子《こ》なんかいやしないって」

笑《わら》いながら、わたしのほうを向《む》いて。

宮原先輩《みやはらせんぱい》は、ひょいとまゆをあげた。

「……美咲《みさき》ちゃん？」

「いいえ、宮原先輩《みやはらせんぱい》。そうじゃないと思《おも》います」

わたしがいうと、先輩《せんぱい》はきょとんと首《くび》をかしげた。

「わたしも、大場先輩《おおばせんぱい》のことは知《し》ってるんです。わたしが一方的《いっぽうてき》に知《し》ってるだけですけど」

「あ、そうなんだ」

「だからわかります。こたえは〝いない〟じゃありません。大場先輩《おおばせんぱい》、好《す》きな子《こ》、いると思《おも》います」

「えー、うそだあ。大翔《ひろと》が女《おんな》の子《こ》と仲良《なかよ》くしてるところとか、見《み》たことないけどなー？」

宮原先輩《みやはらせんぱい》は首《くび》をひねっている。

ほんとにぜんぜん、心当《こころあ》たりないって顔《かお》だ。

頭《あたま》いいくせに、肝心《かんじん》なことが見《み》えてない先輩《せんぱい》に……わたしはいってやりたくなる。

『大翔《ひろと》が女《おんな》の子《こ》と仲良《なかよ》くしてるところとか、見《み》たことない』ですか。

——肝心《かんじん》の自分《じぶん》がそういう女《おんな》の子《こ》だってこと、忘《わす》れちゃいません？

大場先輩《おおばせんぱい》に好《す》きな女の子《おんなのこ》がいるとしたら、そんなの、宮原先輩《みやはらせんぱい》にきまってるじゃないか。

ほんとは前《まえ》から、思《おも》ってたんだ。

大場先輩《おおばせんぱい》と宮原先輩《みやはらせんぱい》って、すごくお似合《にあ》いの2人《ふたり》だなって。

2人《ふたり》は仲良《なかよ》しの幼《おさな》なじみ。

わたしは顔《かお》も知《し》られていない下級生《かきゅうせい》。

楽《たの》しそうに話《はな》してる2人《ふたり》を遠《とお》くから見《み》やりながら、何度《なんど》あきらめようって思《おも》ったことだろう。

宮原先輩《みやはらせんぱい》が、すてきな人《ひと》だなんてわかってた。でも、いやな人《ひと》なんだって思《おも》いこもうとしてた。

わたしにもチャンスがあるって思《おも》いたくて。

……けどやっぱり、宮原先輩《みやはらせんぱい》は、とてもすてきな人《ひと》で。

わたしなんかじゃ、とてもかなわない人《ひと》で。

「じゃあじゃあ、美咲《みさき》ちゃんは、大翔《ひろと》の好《す》きな女の子《おんなのこ》ってだれだと思《おも》うの？　ふふふ。あとで大翔《ひろと》からかっちゃお」

クスクスと笑《わら》う宮原先輩《みやはらせんぱい》は、自分《じぶん》の名前《なまえ》が返《かえ》されるだなんて、夢《ゆめ》にも思《おも》っていないみたい。

くやしい。わたしの口《くち》から、こんなこたえをいわせるなんて。鬼《おに》ってほんと、性格悪《せいかくわる》い。

でも、ここから脱出《だっしゅつ》するためだ。

わたしはふうっと深呼吸《しんこきゅう》して、口《くち》をひらいた。

「解答《かいとう》します。大場先輩《おおばせんぱい》の好《す》きな人《ひと》は……」


ドンッ！


――とつぜん、ドアがはげしくふるえて、わたしと宮原先輩《みやはらせんぱい》はびくっと跳《は》ねあがった。

2人《ふたり》で顔《かお》を見合《みあ》わせる。

まじまじとドアをみつめた。


ドンッ！　ドンッ！


またふるえた。むこう側《がわ》から、なにかが体当《たいあ》たりをしかけてきているのだ。

ドアをこわそうとしている。

「ちょ、ちょっと！　また追加《ついか》の鬼《おに》？　まだこたえてないじゃない！　待《ま》ちなさいよ！」

宮原先輩《みやはらせんぱい》が抗議《こうぎ》する。

「メリィィィィィィィィクリスマァァァァァァァァァス！」

ガシャンッ！　ガシャンッ！

べつの音《おと》がしてふり向《む》くと、鬼《おに》トナカイが、棚《たな》をけりたおしながらこちらへやってくるところだった。

鬼《おに》トナカイは、ソリをひいていた。ソリのうえには、鬼《おに》サンタが乗《の》っている。グレて鬼《おに》になった者同士《ものどうし》、気《き》があったのかもしれない。

「キミタチ、プレゼント！　パン、ナルヨー！　ツブシテ！　ノバシテ！　オイシイジンニクパン！　ナルヨー！　ジンニクベーール！」

ガシャガシャンッッ！

鬼《おに》サンタが巨大麺棒《きょだいめんぼう》をぶんぶんと素《す》ぶりしている。ソリをひいて店《みせ》の棚《たな》をなぎたおしながら、鬼《おに》トナカイが近《ちか》づいてくる。
わたしたちはうしろへさがるしかない。

ドンッ！　ドンドンドンッ!!

はげしくゆれるドアに、きゃあっとさけんで2人《ふたり》で抱《だ》きあい、床《ゆか》にへたりこんだ。
はさまれた。前《まえ》にもうしろにも、逃《に》げ場《ば》はない。
流《なが》れていたジングルベルの音楽《おんがく》が、プツッと途絶《とだ》えた。
イルミネーションが消《き》えうせる。
『………ブッブー！　時間《じかん》ぎれ！　残念《ざんねん》でしたね！』
近《ちか》づいてくる、鬼《おに》たちの息《いき》づかい。
もうだめだ……わたしたちは抱《だ》きあったまま、ぎゅっと目《め》をつぶった。
『いちおう、問題《もんだい》の正解《せいかい》を発表《はっぴょう》しておきます』
スピーカーから声《こえ》がひびいた。
『大場大翔《おおばひろと》くんの好《す》きな女《おんな》の子《こ》は、』

ドンッ！


背後《はいご》でドアが、ふっ飛《と》ぶようにひらいた。

大《おお》びらきになった出口《でぐち》から、ビュウッと冷《つめ》たい風《かぜ》がふきこんできた。

わたしはふりかえって……目《め》を見《み》ひらいた。

奇跡《きせき》だとしか、思《おも》えなかったから。

「だいじょうぶかっ!?　２人《ふたり》とも！」

右足《みぎあし》を高《たか》くけりあげたまま、その人《ひと》はわたしと宮原先輩《みやはらせんぱい》に目《め》をやった。

ぐっ、とガッツポーズをとると、力強《ちからづよ》くうなずきかける。

「おまたせっ！　助《たす》けにきたぜ！」

大場先輩《おおばせんぱい》だった。

わたしが毎日《まいにち》目《め》で追《お》ってる、憧《あこが》れの人《ひと》。

たったいままで最悪《さいあく》のクリスマスだったのに、その瞬間《しゅんかん》、ぜんぶふっとんでしまった。

「さあ、はやく外《そと》へっ！」

大場先輩《おおばせんぱい》がさけんで、手《て》をのばした。

――パカッパカッパカッ！

突進《とっしん》してきた鬼《おに》トナカイが、わたしと宮原先輩《みやはらせんぱい》に飛《と》びかかる。

大場先輩《おおばせんぱい》はわたしたちをかばうように飛《と》びでると――力《ちから》いっぱい、床《ゆか》を踏《ふ》みこんだ。

「だっりゃあああっっ！」

飛《と》びかかってきた鬼《おに》トナカイのツノを、ジャンピングキックでけりあげた。

鬼《おに》トナカイがバランスを崩《くず》し、壁《かべ》に激突《げきとつ》して床《ゆか》にたおれる。

「へっ。どんなもんだ！」

「キミ、ジンニクパン、ナルヨーッ！」

着地《ちゃくち》した大場先輩《おおばせんぱい》の背後《はいご》で、鬼《おに》サンタが巨大麺棒《きょだいめんぼう》をふりあげた。

あわててふりかえった大場先輩《おおばせんぱい》の頭《あたま》めがけて、ふり下《お》ろす。

「――いつもながらつめがあまいんだよ、バカ大翔《ひろと》が」

横合《よこあ》いから飛《と》びだした人影《ひとかげ》が、大場先輩《おおばせんぱい》を突《つ》き飛《と》ばした。

麺棒《めんぼう》が床《ゆか》に打《う》ちつけられる。

人影《ひとかげ》はそのまま鬼《おに》サンタの手《て》をつかむと、ぐるっ、と投《な》げ飛《と》ばした。鬼《おに》サンタの体《からだ》が宙《ちゅう》に舞《ま》い、床《ゆか》にたたきつけられる。

「……また俺《おれ》の勝《か》ちか。敗北《はいぼく》を知《し》りたいぜ」

ニヤッと笑《わら》って大場先輩《おおばせんぱい》を見下《みお》ろした。

「い、いまのは同点《どうてん》だろ！　1匹《ぴき》ずつたおしたじゃねえか！」

「プラスで助《たす》けたから、俺《おれ》の勝《か》ちだろ」

「助《たす》けられてねえよ！　あんくらい自分《じぶん》で避《よ》けられたっつうの！」

「へいへい、負《ま》け犬《いぬ》は遠吠《とおぼ》えがうまいよなあ、うん」

「やろお……」

あっという間《ま》に大場先輩《おおばせんぱい》と不毛《ふもう》なケンカをはじめたその人《ひと》は……6年生《ねんせい》の金谷章吾先輩《かなやしょうごせんぱい》だった。

桜ヶ島小《さくらがじましょう》でその名《な》を知《し》らない人《ひと》はいない。男子《だんし》からも女子《じょし》からも憧《あこが》れの目《め》で見《み》られている天才《てんさい》だ。

「ヒロト！　金谷《かなや》くん！　ケンカしてないで、はやくぅ！」

またべつの声《こえ》がひびいた。

「オッケー、悠《ゆう》！　さ、逃《に》げるぜ2人《ふたり》とも！」

大場先輩《おおばせんぱい》は両手《りょうて》でわたしたちの手《て》をぎゅっとつかんだ。ひっぱられ、みんなでころがるようにして店《みせ》をでた。

鬼《おに》トナカイと鬼《おに》サンタが、起《お》きあがって追《お》ってくる。

その鼻先《はなさき》で、たたきつけるようにドアを閉《し》めた。

ドンッドンッドンッ——ドアがふるえる。鬼《おに》トナカイがツノを突《つ》きたて、鬼《おに》サンタが麺棒《めんぼう》をたたきつけている。みんなで、ぎゅううっと力《ちから》をこめて押《お》さえた。

どれくらい、そうしていただろう。

「……あのー。あなたたち？」

降《ふ》ってきた声《こえ》に、わたしたちはふりかえった。

ショッピングバッグを肩《かた》からさげた女《おんな》の人《ひと》が、こまったような顔《かお》で笑《わら》いかけていた。

「遊《あそ》んでるの？　お店《みせ》、はいりたいんだけどな」

ドアのむこうを指《ゆび》さしている。

わたしたちは顔《かお》を見合《みあ》わせてうなずきあうと、おそるおそる、ドアから手《て》をはなした。

女《おんな》の人《ひと》が、ドアの取《と》っ手《て》に手《て》をかけた。いつ鬼《おに》が飛《と》びだしてきてもいいように、わたしたちは油断《ゆだん》なくドアをにらみつけた。

ひらいたドアのむこうには……。

あたたかい明《あ》かりがひろがっていた。

めちゃくちゃになっていた店内《てんない》は、なにごともなかったようにもとにもどっている。

レジにはお客《きゃく》さんたちがならび、にぎやかな話《はな》し声《ごえ》がひびいている。

鳴《な》りひびくクリスマスミュージック。

サンタ服姿《ふくすがた》でニコニコしている店員《てんいん》さんたち。

ドアにかけられた看板《かんばん》の文字《もじ》も、もとにもどっていた。『メリー・クリスマス☆』。

さっきは気《き》づかなかった文章《ぶんしょう》がつけくわえられていた。

『幸《しあわ》せの扉《とびら》をひらくのは、いつだってきみの勇気《ゆうき》だよ！』

幸《しあわ》せそうな笑顔《えがお》あふれる店内《てんない》。

わたしと宮原先輩《みやはらせんぱい》は顔《かお》を見合《みあ》わせ、どちらからともなく笑《わら》いだしてしまった。

＊＊＊

「かけつけられたのは、悠《ゆう》のおかげなんだ」

雑貨屋《ざっかや》さんをはなれ、みんなで近所《きんじょ》の公園《こうえん》へやってきた。

自動販売機《じどうはんばいき》であたたかいココアを買《か》って、適当《てきとう》な遊具《ゆうぐ》に座《すわ》って、みんなでのんだ。

暗《くら》くなりはじめた空《そら》に、冷《つめ》たい風《かぜ》が渦《うず》を巻《ま》いている。

わたしは寒《さむ》さに体《からだ》をすくめながら、そっと大場先輩《おおばせんぱい》の横顔《よこがお》をうかがっている。

「おれたち、遊《あそ》んで帰《かえ》るところだったんだけどさ。商店街《しょうてんがい》をとおりかかったとき、悠《ゆう》がとつぜん、いいだしたんだよ。この雑貨屋《ざっかや》さん、いやな予感《よかん》がする、って」

「えへへ。なんかね、気《き》になったんだよ〜」

桜井悠先輩《さくらいゆうせんぱい》が、ブランコをゆらしながらニコニコ笑《わら》った。

大場先輩《おおばせんぱい》の幼《おさな》なじみで、いつも一緒《いっしょ》にいる人《ひと》だ。ニコニコ、のんびりしていて、見《み》てるとなんだか癒《い》やされる。でも直感《ちょっかん》がするどくて、悪《わる》い予感《よかん》がよくあたるらしい。

「気《き》になって、はいってみようってことになったんだけど、店《みせ》のドアがあかなくてさ。聞《き》き耳《みみ》たててみたら、2人《ふたり》の会話《かいわ》がぼそぼそ聞《き》こえてさ。それで、ドアをけやぶることにしたってわけ。良《よ》かったぜ。もうちょっとおそかったら、ひどいクリスマスになるところだった」

「もうじゅうぶんひどいクリスマスになってるわよ。もっとはやく助《たす》けにきてよね」

「だって、ドアけやぶってなんもなかったら、おれ、お店《みせ》の人《ひと》に大目玉《おおめだま》じゃんか」

「いいのよ、大翔《ひろと》は大目玉《おおめだま》くらい。いまさらでしょ？」

「いまさらだよな」

「いまさらだよね」

「あ、おまえら。くっそー。おれだって、いつも大目玉食《おおめだまく》らってるわけじゃねえんだぞ」

大場先輩《おおばせんぱい》が唇《くちびる》をとがらせ、宮原先輩《みやはらせんぱい》がクスクスと笑《わら》う。

桜井先輩《さくらいせんぱい》がぷっとふきだし、金谷先輩《かなやせんぱい》が肩《かた》をすくめる。

仲良《なかよ》さそうに軽口《かるくち》をたたきあう先輩《せんぱい》たちを見《み》やりながら。

わたしは、宮原先輩《みやはらせんぱい》とは逆《ぎゃく》の意見《いけん》だった。

あとほんのちょっとだけ、助《たす》けがおそくても良《よ》かったのに、と思《おも》っていた。

……最後《さいご》のクイズのこたえ。『大場大翔《おおばひろと》くんの好《す》きな女《おんな》の子《こ》は、』のつづき。

楽《たの》しそうに笑《わら》いあってる、大場先輩《おおばせんぱい》と宮原先輩《みやはらせんぱい》を見《み》ながら思《おも》う。

こたえがはっきり聞《き》けていたなら、この勝《か》ち目《め》のない恋《こい》にも、きっとあきらめがついたのにって。


「——渡辺美咲《わたなべみさき》さん、だよな？」

ふいに、大場先輩《おおばせんぱい》がわたしに顔《かお》を向《む》けた。

鉄棒《てつぼう》のうえで足《あし》をぶらぶらやりながら、じっとわたしをみつめている。

「そ、そうですけど……。なんで、知《し》って……」

大場先輩《おおばせんぱい》は、わたしのことなんて知《し》らないはずだ。

だってわたしはいつも、遠《とお》くから見《み》てただけ。声《こえ》なんてかけたことない。

どうせかなわない片思《かたおも》い。それでもいいって、思《おも》ってたから。

「よく陸上《りくじょう》の応援《おうえん》、きてくれてるだろ？　うれしくて、覚《おぼ》えてたんだ。友達《ともだち》と話《はな》してるの、聞《き》こえたことがあってさ」

ニカッとわたしに笑《わら》いかけた。

「いつも応援《おうえん》、あんがとな！」

星《ほし》のまたたきはじめた空《そら》から、ちらちらと舞《ま》い落《お》ちてくる雪《ゆき》を見《み》あげながら……わたしは考《かんが》えを改《あらた》めた。

『大場大翔《おおばひろと》くんの好《す》きな女《おんな》の子《こ》は、』のつづき。

やっぱり、聞《き》かなくて良《よ》かったなって。

「……宮原先輩《みやはらせんぱい》」

わきでココアをのんでいる宮原先輩《みやはらせんぱい》に、わたしは宣言《せんげん》するのだ。

「わたし、負《ま》けませんからね」

「ん？　なにが？　なんのこと？」

「さて、なんのことでしょう。ともかく、負《ま》けませんからね。勝負《しょうぶ》です」

きょとんとしている宮原先輩《みやはらせんぱい》に、わたしはニヤリと笑《わら》いかける。乾杯《かんぱい》するように缶《かん》を掲《かか》げると、宮原《みやはら》先輩《せんぱい》はよくわからないというように首《くび》をひねって、それでもカチンと缶《かん》をあわせてくれる。

正解《せいかい》なんて必要《ひつよう》ないんだ。

こたえは自分自身《じぶんじしん》できめればいい。

幸《しあわ》せの扉《とびら》をひらくのはわたしの勇気《ゆうき》だ。

恋《こい》する女《おんな》の子《こ》は、無敵《むてき》なのだから。


（おわり）

キミと、いつか。

作・宮下恵茉
絵・染川ゆかり

通学電車

作・みゆ
絵・朝吹まり

たったひとつの君との約束

作・みずのまい
絵・U35(うみこ)

渚くんをお兄ちゃんとは呼ばない

作・夜野せせり
絵・森乃なっぱ

絶望鬼ごっこ

作・針とら
絵・みもり

集英社みらい文庫

5分《ふん》でときめき！
超《ちょう》胸《むね》キュンな話《はなし》

宮下《みやした》恵茉《えま》・みゆ・みずのまい・夜野《よるの》せせり・針《はり》とら 作
染川《そめかわ》ゆかり・朝吹《あさぶき》まり・Ｕ３５《うみこ》・森乃《もりの》なっぱ・みもり 絵

ファンレターのあて先
〒101-8050 東京都千代田区一ツ橋2-5-10 集英社みらい文庫編集部
いただいたお便りは編集部から先生におわたしいたします。

2017年12月27日 第1刷発行
2019年 3 月10日 第4刷発行

発行者 北畠輝幸
発行所 株式会社 集英社
〒101-8050 東京都千代田区一ツ橋2-5-10
電話 編集部 03-3230-6246
読者係 03-3230-6080
販売部 03-3230-6393（書店専用）
http://miraibunko.jp
装丁 AFTERGLOW 中島由佳理
本文デザイン AFTERGLOW +++ 野田由美子 中島由佳理
印刷 大日本印刷株式会社 凸版印刷株式会社
製本 大日本印刷株式会社

★この作品はフィクションです。実在の人物・団体・事件などにはいっさい関係ありません。

ISBN978-4-08-321412-7 C8293 N.D.C.913 200P 18cm

第《だい》5回《かい》集英社《しゅうえいしゃ》みらい文庫《ぶんこ》大賞《たいしょう》優秀賞《ゆうしゅうしょう》受賞者《じゅしょうしゃ》の、みらい文庫《ぶんこ》デビュー作《さく》!!
この声《こえ》とどけ!
恋《こい》がもつれる夏《なつ》まつり!?
神戸遥真《こうべはるま》・作《さく》
木乃《きの》ひのき・絵《え》
人生《じんせい》初《はつ》の告白《こくはく》は、まさかのあの人《ひと》から――!?

人《にん》気《き》上《じょう》昇《しょう》中《ちゅう》↑↑ 放《ほう》送《そう》部《ぶ》を舞《ぶ》台《たい》におくる
部《ぶ》活《かつ》ラブ★ストーリー!!

第《だい》1〜3弾《だん》
大好評《だいこうひょう》
発売中《はつばいちゅう》
!!

自分《じぶん》に自信《じしん》のない中《ちゅう》1のヒナ。入学式《にゅうがくしき》の日《ひ》にぐうぜん出会《であ》ったイケメンの五十嵐先《いがらしせん》パイに誘《さそ》われて、放送部《ほうそうぶ》に入《はい》ることに。憧《あこが》れの五十嵐先《いがらしせん》パイに自分《じぶん》を見《み》てもらうために、ヒナは部活《ぶかつ》を頑張《がんば》るけれど、放送部《ほうそうぶ》にはクセのある男子《だんし》がいっぱいで……!?

「この声《こえ》とどけ！ 恋《こい》がはじまる放送室《ほうそうしつ》★」

第《だい》1弾《だん》!

「この声《こえ》とどけ！ 放送部《ほうそうぶ》にひびく不協和音《ふきょうわおん》!?」

第《だい》2弾《だん》!

「この声《こえ》とどけ！ 恋《こい》がもつれる夏《なつ》まつり!?」

第《だい》3弾《だん》!

速報《そくほう》!!

「この声《こえ》とどけ！」
第《だい》4弾《だん》は…
2019年《ねん》6月《がつ》ごろ
発売予定《はつばいよてい》!!
お楽《たの》しみに★

青《せい》星《せい》学《がく》園《えん》★チームEYE-S《アイズ》の事《じ》件《けん》ノート
シリーズ
相《あい》川《かわ》真《しん》・作《さく》
立《たち》樹《き》まや・絵《え》
「ともだち《チーム》？
それとも、スキ？」
4人《にん》のキラキラな男《おとこ》の子《こ》たちと
事《じ》件《けん》に巻《ま》きこまれて!?
第《だい》2回《かい》集《しゅう》英《えい》社《しゃ》
みらい文《ぶん》庫《こ》大《たい》賞《しょう》
優《ゆう》秀《しゅう》賞《しょう》受《じゅ》賞《しょう》作《さっ》家《か》
最《さい》新《しん》作《さく》！

野球《やきゅう》の試合《しあい》で
足《あし》をケガしてしまった翔吾《しょうご》は、
しばらくの間《あいだ》、
松葉《まつば》づえの生活《せいかつ》に……。

夏月《なつき》は翔吾《しょうご》をはげましたくて、
手作《てづく》りのお守《まも》りマスコットを
プレゼントすることに！

そんなとき、
二人《ふたり》は思《おも》いがけず、クリスマスイブを
一緒《いっしょ》にすごすことになって…!?

10巻目《かんめ》は
2019年《ねん》3月《がつ》22日《にち》(金《きん》)
発売《はつばい》!!

6
ひとりぼっちの
"放課後《ほうかご》"

7
"素直《すなお》"に
なれなくて

8
本当《ほんとう》の"笑顔《えがお》"

9
夢見《ゆめみ》る
"クリスマス"

イケメン男子《だんし》
4人《にん》が主人公《しゅじんこう》の、
スペシャルな
ボーイズ編《へん》☆

キミと、いつか。
夢見《ゆめみ》る“クリスマス”
夏月《なつき》と翔吾《しょうご》、おさななじみの二人《ふたり》が急接近《きゅうせっきん》──!?
宮下恵茉《みやしたえま》・作《さく》
染川《そめかわ》ゆかり・絵《え》
1～9巻《かん》 好評発売中《こうひょうはつばいちゅう》!!
1
近《ちか》すぎて言《い》えない“好《す》き”
2
好《す》きなのに、届《とど》かない“気持《きも》ち”
3
だれにも言《い》えない“想《おも》い”
4
おさななじみの“あいつ”
5
すれちがう“こころ”

「みらい文庫《ぶんこ》」読者《どくしゃ》のみなさんへ

言葉《ことば》を学《まな》ぶ、感性《かんせい》を磨《みが》く、創造力《そうぞうりょく》を育《はぐく》む……、読書《どくしょ》は「人間力《にんげんりょく》」を高《たか》めるために欠《か》かせません。たった一枚《いちまい》のページをめくる向《む》こう側《がわ》に、未知《みち》の世界《せかい》、ドキドキのみらいが無限《むげん》に広《ひろ》がっている。これこそが「本《ほん》」だけが持《も》っているパワーです。

学校《がっこう》の朝《あさ》の読書《どくしょ》に、休《やす》み時間《じかん》に、放課後《ほうかご》に……。いつでも、どこでも、すぐに続《つづ》きを読《よ》みたくなるような、魅力《みりょく》に溢《あふ》れる本《ほん》をたくさん揃《そろ》えていきたい。読書《どくしょ》がくれる、心《こころ》がきらきらしたり胸《むね》がきゅんとする瞬間《しゅんかん》を体験《たいけん》してほしい、楽《たの》しんでほしい。みらいの日本《にほん》、そして世界《せかい》を担《にな》うみなさんが、やがて大人《おとな》になった時《とき》、「読書《どくしょ》の魅力《みりょく》を初《はじ》めて知《し》った本《ほん》」「自分《じぶん》のおこづかいで初《はじ》めて買《か》った一冊《いっさつ》」と思《おも》い出《だ》してくれるような作品《さくひん》を一所懸命《いっしょけんめい》、大切《たいせつ》に創《つく》っていきたい。

そんないっぱいの想《おも》いを込《こ》めながら、作家《さっか》の先生方《せんせいがた》と一緒《いっしょ》に、私《わたし》たちは素敵《すてき》な本作《ほんづく》りを続《つづ》けていきます。「みらい文庫《ぶんこ》」は、無限《むげん》の宇宙《うちゅう》に浮《う》かぶ星《ほし》のように、夢《ゆめ》をたたえ輝《かがや》きながら、次々《つぎつぎ》と新《あたら》しく生《う》まれ続《つづ》けます。

本《ほん》を持《も》つ、その手《て》の中《なか》に、ドキドキするみらい――。

本《ほん》の宇宙《うちゅう》から、自分《じぶん》だけの健《すこ》やかな空想力《くうそうりょく》を育《そだ》て、〝みらいの星《ほし》〟をたくさん見《み》つけてください。

そして、大切《たいせつ》なこと、大切《たいせつ》な人《ひと》をきちんと守《まも》る、強《つよ》くて、やさしい大人《おとな》になってくれることを心《こころ》から願《ねが》っています。

２０１１年《ねん》　春《はる》

集英社《しゅうえいしゃ》みらい文庫《ぶんこ》編集部《へんしゅうぶ》